月は、ぼくの友だち

ナタリー・バビット 作
こだま ともこ 訳

評論社

THE MOON OVER HIGH STREET
by Natalie Babbitt

Published by arrangement with
Michael Di Capua Books / Scholastic Inc.,
557 Broadway, New York, NY 10012, USA
through Japan UNI Agency Inc., Tokyo.

装画=ヒカリン
装幀=水野哲也 (Watermark)

月は、ぼくの友だち

1

これは、五十年以上《いじょう》も前の、アメリカのお話です。

主人公は、ジョー・カジミールという名前の男の子。

ジョーは、いま長距離《ちょうきょり》バスに乗っているところです。バスは、オハイオ州を横切り、ミドヴィルという町に向かって南西の方向に走っています。

でも、ジョーの話をする前に、まずボルダーウォールさんという、お年寄《としよ》りのことを説明《せつめい》しておいたほうがいいかもしれませんね。

ボルダーウォールさんは、よく「名士《めいし》」と呼《よ》ばれるような、ミドヴィルでも有名な人です。

長いあいだ、ボルダーウォールさんは、ミドヴィルの町で暮《く》らしてきました。その長いあいだに、ボルダーウォールさんは、はるかポーランドの村からアメリカに着いたばかりの目先のきく男の子から、いつも頭のなかが新しいアイデアでいっぱいの大人《おとな》になりました。そして、新しいアイデアをつぎつぎに実現《じつげん》していきました。それもこれも、ボルダーウォールさんが「スワーヴィット」という、エンジンに使う部品を発明したおかげです。この人が、いったいどこでエンジンの勉強をしたのかはよくわかりませんが、まあ、そこのところはあまり気にしないでください。大切なのは、ボルダーウォールさんとおなじように、最初《さいしょ》はだれも知らなかったスワーヴィットが、十年か十五年のうちにアメリカじゅうの車やバスやトラックの部品に使われるようになったということです。おかげでボルダーウォールさんは、たいそうお金持ちになりました。それも、信《しん》じられないくらいの大金持ち。そう、よくいう億万《おくまん》長者になった、というわけです。

億万長者ともなると、町のなかでもいちばんよい通りに暮らせるようになります。どこの町にも、とびきりおしゃれで、ぜいたくな通りがあるでしょう？　そういうところでは、なにもかも大きくて、美しいものです。お屋敷《やしき》も、庭も、木も、それから芝生《しばふ》も。ちんまりした芝生ではなく、見わたすかぎり、青々とした芝生が広がっています。もともとアメリカ人は、大きくて、美しいものが大好《だいす》きなんですよ。この国がはじまったときも、そうでしたし、いまでもちっとも変《か》わっていません。

さて、ミドヴィルの町のいちばんおしゃれで、ぜいたくな通りは「丘《おか》の上通り」と呼《よ》ばれていました。その言葉のとおり、丘を上がったところにある通りです。本当のことをいうと、丘といえるほど高い場所ではないんですけどね。でも、ミドヴィルの町は、アメリカ中南部の平地にありますから、それでもじゅうぶん丘といえる高さなんです。

丘の上では、なにもかも大きく、とりわけ木の大きなことといったらありませんでした。それも、どっさり生《は》えていて、どれもみごとな大木です。けれども、いくらみごとでも、やっぱり木には変わりありません。秋になると、そこらじゅうに景気《けいき》よく葉を落とすので、カサカサの落ち葉の厚《あつ》いじゅうたんを何度も何度も熊手《くまで》でかきあつめることになります。でも、丘の上の木は、そんなことは知ったこっちゃありません。

そりゃあ、そうですよね。だって木には、木のやりかたというものがあるんですから。それに、おおかたの木はとても年をとっていて、丘《おか》の上に人が住みはじめて街並《まちな》みができる前から立っています。どの木も丘の上通りのことなど、気にしてはいません。でも、そこに住んでいる人間たちは、というと、話は別《べつ》です。

どうしてか、その理由を話してあげましょう。アメリカの人たちはみんな、いつの日にか自分の土地を持ちたいと思っています。なかには、丘の上通りのような、とびきりぜいたくなところの土地がほしいと思っている人がいるのです。ちょっぴりでも土地が持てたときにはじめて、やっと自分がアメリカという国に根をおろしたという気になるというもの。それだけでもすばらしいのに、まして、なにもかもが大きくて、美しいところに住めたら……。

まあ、おおかたのアメリカ人が、そう思ってるんですよ。だから、手に入れることのできる日を、じっと待っていたり、いつも目を光らせていたり、あれこれ考えをめぐらせたりするのです。なぜなら、いつもいろんな人が、スワーヴィットを発明する以外《いがい》のいろんなやりかたで、自分の土地を持つのに成功《せいこう》しているからです。それなら、自分にだってチャンスがあるのでは？――ただ、どうやったらできるか、それがわかれば苦労《くろう》しないんですけれどね。

でも、アンソン・ボルダーウォールさんをじっくり観察《かんさつ》すれば、わかってくることがたくさんあると思いますよ。ついでにいっておきますが、この人は、生まれたときからアンソン・ボルダーウォールという名前だったわけではありません。ポーランドで生まれて洗礼《せんれい》を受けたときには、アンセルム・ボルディヴォルでした。やがて、ボルダーウォールさんの両親は、東ヨーロッパでつづいていたいつ終わるとも知れない戦争《せんそう》からのがれて、息子《むすこ》を連《つ》れて大西洋をわたりました。ほかの何千、何万という人たちとおなじに、ここなら安全に暮《く》らせると思ってアメリカにやってきたのです。アメリカに着いた一家は、まずエリス島という島でほかの移民《いみん》たちといっしょに船をおりました。それから、身体検査《けんさ》を受けました。じっさいに、体重や身長を測《はか》ったりはされなかったかもしれませんが、アメリカの市民《しみん》になる前に、上から下から、そして横からもじっくりながめられたことでしょう。

ところが、エリス島のお役人たちは、名前のことはどうでもよかったようです。それとも、船でわたってきた人々を調べるのにいそがしかったので、名前を聞いても、ちゃんと耳に入っていなかったのかもしれません。ともかくお役人たちは「アンセルム」を「アンソン」、「ボルディヴォル」を「ボルダーウォール」と聞きまちがえてしまったんですよ。台帳《だいちょう》にもそう書きこまれたので、それ以来《いらい》アンセルム・ボルディヴォルはアンソン・ボルダーウォールになってしまったというわけです。

そんなこんなで長い年月がすぎてゆき、いまやボルダーウォールさんは妻《つま》のルセッタさんと丘《おか》の上通りに住んでいました。

ちなみにルセッタさんがボルダーウォールさんと結婚《けっこん》したのは、スワーヴィットを作りはじめて間もないころ。ですから、そのころは、まだお金持ちではありませんでした。けれども、このルセッタさんときたら……まあ、将来《しょうらい》を見通す目を持ち、ほしいものを手にいれる方法《ほうほう》を知っていたとだけいっておきましょうか。

ともかく、いよいよスワーヴィットがエンジンに利用《りよう》されるようになり、お金がどんどん流れこんでくると、ルセッタさんは夫《おっと》をせっついて、丘の上通りに引っこすことに成功《せいこう》しました。それからというもの、丘の上通りに住まいを持っていることを最《さい》大限《だいげん》に利用しようと、じっと待ちながら、いろいろなことに目をこらし、耳をそばだてていました。

ルセッタさん自身も、ちょっとばかり変《か》わりました。十二月のバラのしげみが、六月のバラとして花開くようなステキな変わり方とは、ほんの少しちがっていましたけどね。ルセッタさんは、ひとり娘《むすめ》のアイビーがお金持ちのおじょうさまの暮《く》らしができるように計画を立てました。ちゃんとした学校に通わせ、ちゃんとした服を着せ、ピアノを習わせ、乗馬のレッスンに通わせました。計画どおりに育ったアイビーは、たいへんなお金持ちの青年と結婚しました。ところが、その青年は、アイビーが父親の財産《ざいさん》をうけつぐのは仕方がないことだけれど、スワーヴィットなんかに、自分はまったく興味《きょうみ》がないというのです。

はてさて、こまったことになりました。いまより年をとって、会社の仕事ができなくなったとき、ボルダーウォールさんはどうしたらいいでしょう？　家族以外の人に売ってしまう？　見ず知らずの他人に？　とんでもない！

スワーヴィットの会社は、ボルダーウォールさんの魂《たましい》みたいなものじゃありませんか。でも、会社を売るほかに、どんな方法《ほうほう》が？　そんな疑問《ぎもん》が、いつもボルダーウォールさんの心の奥底《おくそこ》にひそんでいました。でも、ときにはひょっこりとおもてに出てきて、頭をなやます日もありました。

ジョー・カジミールという男の子が、バスでミドヴィルの町にやってきたのは、まさにそんな日でした。

その日はたまたま、ボルダーウォールさんの誕生日《たんじょうび》だったのです。七十一歳《さい》になったボルダーウォールさんは、いつにもまして将来《しょうらい》のことが心配でたまらなくなっていました。まあ、人生には、なやみがつきものですからね。たとえ町いちばんのすばらしい通りに、大きな美しいお屋敷《やしき》を持っていても……。

2

ボルダーウォールさんの誕生日にジョー・カジミールがいたのは、大きくて美しいお屋敷のなかではありません。そう、バスに乗っていたんですよね。だいたいジョーは、バスになんか乗りたくなかったのです。飛行機《ひこうき》だったらよかったのに。でも、そんなことは、考えてもむだでした。

だいいち、ミドヴィルにはたぶん飛行場がないし、飛行機代だって目の玉が飛《と》び出《で》るくらいかかるでしょう。ものごとは、なるようにしかならないから、しかたがありません。いやでもおうでも、ジョーはマイラおばさんの家に泊《と》まるためにミドヴィルに行かなければならなかったのです。それも、たったひとりでバスにゆられながら。

バスの旅そのものは、びっくりするようなことではありませんでした。学期が終わる六月の末に行こうと、まえまえからおばあちゃんは計画していました。そろそろ家族がいっしょにすごしてもいいんじゃないかねと、おばあちゃんはいっていました。

じっさい、ジョーとおばあちゃんがミドヴィルに行ったのは一度きりだったし、それも何年も前のことです。うちにはたった三人しか家族がいない、それは変《か》わりようがない事実だからね、と、おばあちゃんはいいました。

ジョーの両親は、ジョーが生まれてまだ二、三か月のころ、自動車事故《じこ》で亡《な》くなりました。ものごころついてからというもの、ジョーは、おばあちゃんとふたりきりで暮《く》らしてきたのです。お母さんのほうのおじいちゃん、おばあちゃんにも、孫《まご》はジョーひとりしかいなかったし、すでにふたりとも亡くなっていました。だから、カジミール家の家族は、いまではたった三人。おばあちゃんとジョー、それに、ジョーがこれから訪《たず》ねていく、マイラおばさんだけでした。

マイラおばさんは、正確《せいかく》にいうとジョーのおばさんではありません。だいたい、ほかのだれのおばさんでもなく、お父さんのいとこにあたる人でした。でも、お父さんと同い年なので、ジョーは呼《よ》びすてにすることはできません。おばあちゃんはいつも、子どもが年上の人たちを呼びすてにするのは感心しないといっています。ジョーも、本当はおばさんでなくても「マイラおばさん」と呼ぶのがいちばんいいと思っていいます。本当じゃないことがいちばんいいなんて、ちょっとおかしく聞こえますけどね。

マイラおばさんは結婚《けっこん》していませんでしたが、ミドヴィルで学校の先生をしながら、いそがしく暮らしていました。ウィロウヴィックに来たのは、たったの二度だけです。ウィロウウィックというのは、ジョーとおばあちゃんが住んでいる町で、オハイオ州の北部、エリー湖のほとりにあります。

ところが、春になったばかりのころ、おばあちゃんがこんなことをいいだしたのです。

「ジョーや、今年の夏ミドヴィルに行かなかったら、一生行けなくなるよ。あんたは、どんどん大きくなっていて、これからはいそがしくなるいっぽうだからね」

おばあちゃんと長いこといっしょに暮らすうちに、ジョーがはっきりわかったことがあります。それは、おばあちゃんがこうしたいと思ったら、ぜったいそうしなきゃいけなくなるということです。たいていの場合、それはなんの問題ありませんでした。ジョーとおばあちゃんは、なかよくやっていましたから。おばあちゃんがジョーより六十三歳《さい》も年上だということを考えると、たいしたものです。

ふたりは、相手を喜ばせることをするのが大好《だいす》きでした。それでもジョーは、ときどきなにか強い気持ちにおそわれることがありました。いらいらするような、いま起こっていることや、これから起きようとしていることは、自分にはどうしようもないというような気持ちです。バスに乗っているいまも、そんな気持ちになっていました。

どうしてぼくは、ほかの人がしてほしいと思うことをやらなきゃいけないんだろう？

思わず知らず、そう考えていたのです。どうしてマイラおばさんを好きにならなきゃいけないの？　おばさんのことなんか、ほとんど知らないっていうのに。

でも、ミドヴィルにいるおばさんを訪《たず》ねると、おばあちゃんはいいました。それできまり。ふたりは、なにがあってもミドヴィルのマイラおばさんのところに行かなければいけないのです。

ところが、ついに六月に入り夏休みもミドヴィルへの旅も目の前にせまってきた、そのとき――おそろしい事件《じけん》が起こりました。屋根裏《やねうら》部屋にあるスーツケースをとってこようとしたおばあちゃんが階段《かいだん》から落ち、腰骨《こしぼね》を折《お》ってしまったのです。

でも、おばあちゃんは、めそめそするようなたちではありません。どんなことにでも胸《むね》をはって、きちんと向きあっていきます。それにヘレン・メロさんというおばあちゃんの友だちが、あなたはお医者さんにめんどうを見てもらいなさい、そのあいだひとり暮《ぐ》らしの自分がジョーのめんどうを見るといってくれました。おばあちゃんは、二、三日は見舞客《みまいきゃく》と会ったり、話したりできませんでしたが、そのあとでジョーが病院に行くと、こんなことをいいだしたのです。

「ジョーや」

いつもとおなじ、かしこそうなおばあちゃんの声です。

「とってもざんねんだけど、あんたは、ひとりでミドヴィルに行かなきゃいけなくなったよ。わたしがよくなるまで、マイラおばさんのところに泊《と》まりなさい。じつはね、わたしはいずれよくなるけれど、お医者さんがいうには、もとどおりになるための病棟《びょうとう》に入らなきゃいけないんだって。リハビリセンター、とかいってたと思うよ。どっちにせよ、特別《とくべつ》なトレーニングをしなきゃいけないみたい。少なくとも、一週間は入院しなきゃいけないんだって。すっかり治《なお》るまでね。だからね、あんたがそのあいだどこに泊《と》まるかが問題になったわけ！　いまお世話になってるところにずっといたいっていうんなら別だけど、どうなの？　メロさんのところにいたい？――そうだよね、いやだと思うよ。だけど、どっちみちミドヴィルに行くことにしてたじゃないの。ちょっと前にマイラに電話したら、あんたが来てくれたらうれしいっていうの。わたしも元気になったらミドヴィルに行くから。それで何日か泊まってからふたりでうちに帰ろうよ。どう思う？」

いいと思う、と、ジョーは答えました。もちろん、ひとりでミドヴィルに行くなんて、いいはずはありません。でも、おばあちゃんがあわてずさわがず、目の前のことに立ち向かおうとしているのなら、自分もそうしなきゃと思ったのです。

こうして、ジョーはもうひとばん、メロさんの家ですごしました。どこもかしこもフリルでいっぱいの、お客用の寝室《しんしつ》に泊まったのです。そしてつぎの朝、朝食をすますと、メロさんはおべんとうにピーナッツバターのサンドイッチを作ってくれ、スーツケースのふたをしめるのを手伝《てつだ》ってくれました。とっても親切にしてくれたんです。それは、ジョーにもわかっていました。

でも、メロさんときたら、いつもさわがしくて、おしゃべりばかり。おばあちゃんの古い小鳥用のえさ台に来るスズメそっくりでした。そう、大さわぎをしてピーチクさえずって、ジョーをぽんぽんとたたきつづけていました。最悪《さいあく》なのは、ジョーのシャツの胸《むね》ポケットに、ラベルを安全ピンでとめるといってきかなかったことでした。みんなが、あなたのことをわかってくれるようにね、とかいって。ラベルには、こう書いてありました。

——ジョウゼフ・カジミール（ジョーの正式な名前です）

——行く先・ミドヴィル

——おばさんのマイラ・カジミールが出むかえにきます

「さあ、これでいいわ！」

メロさんは、そうさえずって、最後にポーンとジョーをたたきました。

「すてきな旅になりますよ！　あなたが出発したら、おばあちゃまにお電話しとくわね。とーってもいい子で、元気なぼうやちゃんだったわってね！」

ジョーは「とーってもいい子で、元気なぼうやちゃん」なんていわれるのはまっぴらでしたが、口には出しませんでした。いらいらする気持ちをぐっとがまんして、「行ってまいります」というしるしに頭をぴょこんと下げてから、バスに乗りこみました。

やっとひとりになれたジョーは、ねんいりに座席《ざせき》を選《えら》びました。いちばんうしろの、だれも横にこない席です。ふたりがけの窓側《まどがわ》にこしかけてから、通路側の席にサンドイッチが入った紙袋《かみぶくろ》をおきました。大きな、白いヒナギクの花もようのピンクの紙袋で、いかにもメロさんのような人が持っていそうなものです。いつもだったら、だれにも見られないようにかくしてしまうところでした。でもいまは、そう、ほかの乗客が紙袋に気がついてくれれば、ジョーの横にすわろうとは思わないでしょう。そして、バスが大きくうなりながらバス停《てい》に立っているメロさんの目の前を通りすぎるやいなや、ジョーは胸《むね》ポケットのラベルをとって小さくちぎり、ひじかけにある灰皿《はいざら》にっつこんでしまいました。

こうしてジョーは、州を南西の方向に横切るバスの旅に出発し、これから五時間か六時間は、ひとりで考える時間をたっぷりもらえました。

いつもだったら、ひとりぼっちで考える時間があるのはけっこうなことですが、ジョーの頭のなかには答えが思いつかない疑問《ぎもん》がいくつもうかんでいました。その疑問が脳《のう》みそを占領《せんりょう》して、どうしても出ていってくれないのです。

ミドヴィルって、どんなところなんだろう？　夏休みだから学校がないのはわかってるけど、そしたらどうやって話し相手を見つければいい？　マイラおばさんのリビングにずっとすわって、テレビを見てなきゃいけないの？　だいたい、マイラおばさんって、どんな人なんだろう？　ジョーは、ずいぶん長いこと、おばさんに会っていません。会ったことさえ、おぼえていないくらいです。向こうのバス停に、出むかえにきた人たちがおおぜい待っていたら、いったいどれがマイラおばさんなのか、わからないかも。おばさんだって、ジョーのことがわからないかもしれない……。

それに、ウィロウウィックの友だちのことも考えました。みんな、ぼくの留守《るす》のあいだ、なにをするんだろう？　ぼくがいてくれたらよかったのにって、思ってくれるかな？　それとも、大あくびをしながら、のんびり夏休みをすごしていくんだろうか？　エミリー・クラウスは……でも、ジョーはエミリーのことは考えないでおこうと思いました。エミリーがいなくたって、やっていけます。もちろんですとも。でも、知らないまに、こう思っていました。せめて、ぼくがいなくなったことにエミリーが気がついてくれるといいけど……。

そのあとで、自分にいいきかせました。なにもかもそんなふうに考えるなんて、バカみたいだぞ。どっちみち、すぐにもどれるんだから。

でも、なんだかウィロウィックに永久《えいきゅう》にさよならしているような気がしてきます。慣《な》れ親《した》しんだ町をあとにして、これからなにが起こるか見当もつかない、まっさらの時間を目の前にしていると、自分がなくなってしまったような……。

知っている人たちにかこまれていれば、自分がだれなのか、はっきりわかります。でも、ひとたびその場所をはなれると、その場所はたちまち消えて、最初《さいしょ》からなかったように感じます。その場所を発って、どこかに向かっているあいだ、自分自身まで消えてしまったような気がするのです。でも、ジョーはそんなふうに感じなくてもよかったのです。ほんのちょっぴり、ウィロウィックをはなれるだけじゃありませんか。おばあちゃんはすぐに元気になるでしょうし、そしたらまたもとの町のもとの暮《く》らしにもどるのですから。

ジョーはため息をついて、窓《まど》の外をながめましたが、たいしておもしろいものもありません。もう郊外《こうがい》に入っていましたから、たしかに見わたすかぎり広い大地がつづいていましたが、どう見ても美しいとはいえません。おもしろくもなんともない古い農場がうんざりするほどつづくと思っているうちに、窓いっぱいにふぞろいの畑が広がり、そのうちに見たくもないような小さな町がいくつもあらわれます。うしろの窓を見ると、めずらしくもない車やトラック、ときおりバイクがバスのあとから高速道路を追いかけてきています。どの車もせかせか、いらいらして、早くバスを追いぬきたいと思っているようです。

ジョーは思いっきり首をのばして、上を見てみました。見るかぎりでは、空にはなにもありません。あたりまえの雲がうかび、日が照《て》っているだけです。ジョーは、またもやため息をつきました。ああ、いまが夜だったらいいのに。夜空には、ながめても、ながめてもあきないものがうかんでいて、いらいらした気持ちを魔法《まほう》のように静めてくれるのに。そしていつか大人《おとな》になって、ひとりで暮《く》らせるようになったときは——。

まあ、いまはひとまず、その話はおいておきましょうか。「いつか」というのは、ジョーにとってずっと先のことですから。でも、今夜は、そんなに先のことではありません。そして、ミドヴィルにも夜空はあるでしょう。そうにきまっています。とにかくミドヴィルに着かないことには、なにもはじまりません。

ジョーは、シートにいっそう深くこしかけ、ときおりうとうととねむりかけました。窓《まど》の外には、前とおなじように農家や畑や小さな町が流れては消えていきます。ときどき、大きな街《まち》に到着《とうちゃく》すると、バスのお客がおりたり、乗ってきたりします。ジョーは、ほかの乗客と目をあわせたくありませんでした。家から本を二、三さつ持ってきたので、せっせと読んでいるふりをしましたが、バスで本を読むのは——とりわけ、ゆれるバスのなかで読むのは、いい考えではありません。ジョーはピーナッツバターのサンドイッチを食べ、ジンジャーエールも飲んでしまいました。それから、アルファベットの文字を見つけるゲームをすることにしました。高速道路ぞいに立っている看板《かんばん》から、大文字のアルファベットのA《エー》からZ《ゼット》までをさがすのです。でも、けっきょく、前よりもいらいらしてきただけでした。Q《キュー》までは、すぐに見つけることができたのですが、看板にQを使ってはいけないという法律《ほうりつ》でもあるのでしょうか。三十分もQをさがしたあげく、とうとうあきらめました。

さらに、畑や、さえない農場といったつまらないけしきが何キロもえんえんとつづき、これからどれくらいたいくつな時間をすごさなければならないか、考えたくもありません。そのとき、とつぜん運転手が大声をあげました。

「つぎはミドヴィル、ミドヴィルに到着しまあす！」

ジョーは背《せ》すじをのばしました。はっとしたので、ちょっと息が切れました。スーツケースをひざの上にのせ、持ち手をぎゅっとにぎりしめます。

「そんなにひどいことにはならないさ」

ジョーは、自分にいいきかせました。

「どっちにしても、すっごくひどいことにはならないから」

背《せ》すじをのばしたまま、窓《まど》の外をのぞきます。今度は本気で、どんなようすか見てみたのです。すっきりした形の小さな家が、大きく距離《きょり》をおいて立っています。それから線路と、小川にかかった橋も見えます。倉庫《そうこ》、ガスや石油のタンク、鉄条網《てつじょうもう》のフェンスにかこまれた工場。またまた、線路。それから、さっきよりはるかに大きい工場があり、トラックが何台も整然《せいぜん》とならんでいます。工場の屋根には、大きな、きちんとした字で「スワーヴィット株式《かぶしき》会社」と書いてありました。それからすぐに、もっとおしゃれな建物《たてもの》が見えてきました。事務所《じむしょ》、デパート、レストランもあります。金曜日の午後で、歩道は買い物客であふれています。バスはエンジンをうならせながら停車場《ていしゃば》に入っていき、ちょっとかたむいて停《と》まりました。運転手が立ちあがって、肩《かた》をもんでいます。それからジョーのほうをふりむいて、声をかけました。

「そこの、きみ。ここでおりるんだよ」

ふいに、座席《ざせき》のあいだの通路が、お客でいっぱいになりました。みんな、包《つつ》みやら雑誌《ざっし》やら、それこそいろいろな種類《しゅるい》の荷物をかかえて、おしあいへしあいしています。

ジョーは、もがきながら、やっとのことでシートベルトをはずしました。手に持ったスーツケースが、ずっしりと重く感じられます。ジョーは通路にお客がいなくなるのを待ってから、ピンクの紙袋《かみぶくろ》を座席に残《のこ》して、ゆっくりとドアに向かいました。胸《むね》はどきどきするわ、顔は赤くなるわ……ぼくが、おばさんの期待どおりじゃなかったら、どうしよう？　通信販売《つうしんはんばい》で注文したら、ちがう品物がとどいた、みたいに思われたら……。

乗降口《じょうこう》のきゅうな段々《だんだん》を二段おりると、ぼおっとしながらコンクリートの上に立ちました。午後もおそくなっていたので、西日が頭のうしろに照《て》りつけます。人ごみにもまれて、目をぱちぱちさせることしかできません。スーツケースを足もとにおいて、ジョーは鼻をこすりました。

――もし、だれもむかえにこなかったらどうしよう？――

ぼんやりと心配になってきたときです。

背の高い女の人が、いそいでこっちにやってくるのが見えました。なんともうれしそうに、にっこり笑《わら》っています。

「ジョー！」

女の人は、手をふりながら大声でいいました。

「ここよ、ジョー！」

あっというまに、ジョーは暖《あたた》かい腕《うで》のなかに、しっかりとだかれていました。

「ジョー」

今度は、耳もとでそっと声がします。

「わたしよ、マイラ。よく来てくれたわね、ジョー。ほんとにうれしいわ！」

3

「さあ、行きましょう」

マイラおばさんは、いいました。

「こっちよ。車が停《と》めてあるの。で、バスの旅はどうだった？」

「だいじょうぶでした」

歩道は人であふれています。ジョーは、おばさんからはぐれまいと必死《ひっし》についていきました。

「長いことすわってなければいけなかったでしょう。でも、気にすることないわよね。もう終わったことだから。ミドヴィルのこと、おぼえてないでしょ？　ここに来たのは、まだ二つか三つくらいのときだったものね」

「そうかも」

ジョーは答えてから、おばさんのつぎの言葉を待ちました。そのときのあなたったら、とってもかわいい赤ちゃんで……なんて、いうんじゃないかな。

でも、マイラおばさんの返事《へんじ》は、思いがけないものでした。

「すぐに、どこにでもひとりで行けるようになるわよ」

と、いっただけです。

それから、

「ミドヴィルの町って、どこに行くにもとってもかんたんなの」

マイラおばさんは、ジョーのスーツケースを小さな黒い車のトランクに入れました。

「さあ、この車よ」

それから出発です。

あっというまに大通りをぬけて角《かど》を曲がったので、ジョーにはほとんどなにも見えませんでした。町の中心から出ると、住宅街《じゅうたくがい》に入りました。木のしげった庭。国旗《こっき》をかかげる柱が立っている、大きなレンガの建物《たてもの》。

「あれが、わたしが教えている学校よ」

マイラおばさんが、教えてくれました。

「リンカーン小学校っていうの」

また角を曲がり、何軒《けん》かの家の前を通りすぎます。小さな雑貨屋《ざっかや》さん。食料品も売っているようです。と、とつぜん公園があらわれました！　いままでの木より、ずっと大きな木がしげっています。すべり台に、それから――ブランコに、シーソー。野球のグラウンド。それに、野外ステージまで！　けっこういい感じだなと、ジョーは思いました。最後《さいご》の角を曲がって、大きな通りをふたつほどわたると、マイラおばさんがいいました。

「さあ、着いた！　グレン通り二十四番地よ」

車は、はねながら道路から敷地《しきち》に入り、小さな家の前に停《と》まりました。壁《かべ》の横板を少しずつ重なりあうように張《は》ってあるところなど、おばあちゃんの家によく似《に》ています。「よく来たね」とジョーに呼《よ》びかけているような二階建ての家で、前面いっぱいにポーチがあります。うしろにはきっと、きれいな庭があることでしょう。その家は、まるで——そう、ジョーを見てもちっともがっかりしていないように見えました。ありのままのジョーを受け入れてくれているような……。ジョーはほっとして、大きなため息をつきました。

そのあとは、こうでした。まず、車からおりたち、静かな通りをあっちからこっちまでながめていると……とつぜん静けさがやぶられ、ガタガタと大きな音を立てて、白いヴァンがやってきたのです。どこの車かは、横腹《よこばら》を見ればすぐにわかりました。「ソープ電機店《でんきてん》」と、緑色で大きく書いてあったのです。その下に、ぎざぎざの稲妻《いなずま》の絵と「販売《はんばい》ならびに修理《しゅうり》」とあり、おしまいに「どんな小さなご用でも、お申しつけください」と書いてあります。

「ほうら、ジョー！　おむかいの人たちよ！」

白いヴァンは、道路のむかいにある板屋根の家の前に、ガタガタと入っていきました。ヴァンのドアがゴロゴロと開いたと思うと、サイズのちがう四人が、メロンの山をくずしたみたいに転がりおりてきました。

マイラおばさんが、出てきた順《じゅん》に名前を教えてくれました。キイッーと思いっきり声をあげているのが、六歳《さい》のイヴァンジェリン。誕生日《たんじょうび》パーティでもらうようなボール紙の笛を、ベエベエとみごとにさわがしく吹《ふ》いているのが、九歳のドロシー。とてつもなく大きなブルーの風船を三つ、苦労《くろう》しながら持っておりてきたのが、十二歳のビアトリス。最後《さいご》におりたのが、三人娘《むすめ》の父親、オーグルヴィー・ソープさん。とても落ち着いた人です。

ソープさんは、娘たちの横をまわって家に入ろうとしましたが、あやうく、はしゃぎまくった、もしゃもしゃのかたまりにつまずくところでした。ローバー・ソープ、大きくて、愛情《あいじょう》たっぷりのソープ家の犬です。ローバーを家から出してやったのは、娘たちの母親でソープさんの奥《おく》さん、アマンダさんです。アマンダさんはドアの前でソープさんとハグしてから、ローバーと転げまわっている子どもたちに呼《よ》びかけました。

「パーティ、楽しかった?」

三つのちがった答えが、みんなおなじ大きさで、いっせいに返《かえ》ってきました。

「さあ、いらっしゃい」

マイラおばさんが、ジョーにいいました。

「みんなに、あなたのこと、しょうかいするわ」

みんなの名前は、すぐにはおぼえられないかもしれません。でも、ジョーにとって本当に大事な名前はひとつだけでした。そう、ビアトリスだけ。

「ジョー、ビアトリスよ。あなたと同い年なの」

「こんちは」

ビアトリスが、いいました。

ジョーは、口のなかでもごもごいうしかできませんでした。だって、ビアトリスのきれいなことといったら。――目鼻立ちがくっきりした、丸い顔。上等の家具みたいにつやつやした、濃《こ》い色の髪《かみ》。ジョーは目をそらしてから、つばをゴクリと飲みこみました。バスのなかで胸《むね》の奥《おく》にそっとしまいこんでいたエミリー・クラウスの面影《おもかげ》がゆらゆらとゆれだしたと思うとうすくなり、ついに消えてしまいました。ジョーの顔は、真っ赤になりました。コホッとせきをしてごまかさなければ。

うん、ぼくだって、ずっと前から知ってたさ。ミドヴィルが、すっごくいい町だって。

ジョーは、おなかのなかでそういっていました。

★

マイラおばさんの家は、玄関《げんかん》を入るとリビングがありました。くたっとした感じの長いソファと小さなテーブル、ひじかけ椅子《いす》が二脚《きゃく》に植木鉢《うえきばち》がどっさりおいてあります。本棚《ほんだな》には、本がぎっしりつまっていました。それから、キッチン。どこにでもあるようなガスレンジに冷蔵庫《れいぞうこ》、食卓《しょくたく》。窓《まど》わくには、またまた植木鉢がどっさり。そして、キッチンの向こうに、もうひと部屋あります。

「二階にも、お客さま用の寝室《しんしつ》があるのよ。わたしの部屋のとなりに」

と、マイラおばさんがいいます。

「おばあちゃんは二階の寝室、あなたにこの部屋、と思っていたの。そうすれば、ふたりでひと部屋を使わなくてもすむでしょ。でも、おばあちゃんが来ても階段《かいだん》をのぼるのはたいへんですものね。腰《こし》の骨《ほね》を折《お》ったんだから。そのときになったら、考えなきゃね。こっちの部屋のほうが、おばあちゃんにはいいかもしれない。でも、いまはあなたの部屋よ」

せまい部屋ですが、いろんなものがおいてあります。ふかふかのまくらをふたつのせた低《ひく》いベッドに、青いコーデュロイを張《は》ったひじかけ椅子《いす》が一脚《きゃく》。引きだしがたくさんある、カエデ材《ざい》のたんす。そのとなりには、机《つくえ》と椅子もあります。壁《かべ》には、水色のカーテンをたらした窓《まど》がふたつならび、そこから裏庭《うらにわ》が見えます。小さな本棚《ほんだな》もおいてありましたが、広い棚はからっぽで、これから本がならぶのを待っているようです。ジョーは戸口に立ったまま、口もきけないでいました。こんなすてきな部屋、見たこともありません。これから、ここが自分の部屋になるのです。

うしろから、マイラおばさんが声をかけました。

「どう、この部屋？　おさいほうをするのに使ってたんだけど、ざんねんながら、いまはそんなひまがなくなっちゃったの。一日じゅう学校にいなきゃいけないから」

ジョーはスーツケースを床《ゆか》におくと、なんと返事《へんじ》をしたらいいか、言葉をさがしました。そして、やっとのことでこういいました。

「ここって、えっと――うん、ほんとに――いい部屋だと思います」

マイラおばさんは、にっこり笑《わら》いました。その言葉だけで、じゅうぶんだったみたいです。

★

そのばん、ピザとアイスクリームでかんたんに夕食をすませると（「毎ばん、こんな夕食だって思わないでね」と、マイラおばさん）ジョーはスーツケースをあけて、持ってきた服をたんすにしまいました。そのあいだマイラおばさんは、コーデュロイのひじかけ椅子にこしかけて、ミドヴィルについて話してくれました。話のとちゅうで、おばさんはときおり言葉を切って、じっと庭に目をやりました。ふいにジョーは気がつきました。マイラおばさんは、ミドヴィルとはぜんぜん関係《かんけい》ない、むずかしい話をしたいのかも。でも、どういうふうに話したらいいか、まよっているんだ。服をぜんぶしまうと、ジョーはほかにすることもないので、ベッドにすわっておばさんの話を待ちました。なにを話したいのかわからないけど、ぜったいにこれから話してくれるぞ。

待っているあいだ、ジョーはマイラおばさんを見ていました。はじめて、ちゃんと見たのです。おばさんは、背《せ》が高くて――それは最初《さいしょ》から気がついていましたが――短くカットした、茶色の髪《かみ》がウェーブして顔をとりまいています。その顔は、どうってことはない、さっぱりしたふつうの顔ですが、目だけはちがいました。その目には、おばさんの思いがたっぷりつまっているように見えます。

「ジョー」

とうとう、マイラおばさんは切りだしました。

「お父さんのこと、おぼえていないのよね？」

「はい」

なんだ、それがいいたかったのか。ジョーは、おばさんから目をそらして、床《ゆか》をじっと見つめました。いらいらした思いが、胸《むね》のなかにこみあげてきます。

でも、マイラおばさんは、こうつづけました。

「わたしは、おぼえているわ。わたしたち、おじいちゃんとおばあちゃんがいっしょだったし、ほとんど同い年だったから。夏休みや冬休みには、よく会っていたのよ」

おばさんはまた言葉を切り、それから早口でいいました。

「ジョー、お父さんはいい人だったわ。わたし、大好《だいす》きだった。結婚式《けっこんしき》にも行ったのよ。あなたのお母さんと結婚したときにね。よく聞いて、ジョー。こういうこと、わたしは長々とおしゃべりするつもりはないの。ただ、これだけはいっておかなきゃと思って。あのおそろしい事故《じこ》のあと、わたしはあなたといっしょに暮《く》らしたかったの。なぜなら、わたしも、ひとりぼっちになってしまったからよ。あなたとおなじように、とつぜんのことだったわ。もちろん、あなたを育てる権利《けんり》は、おばあちゃんにあったのよね。なんといっても、お父さんの母親ですもの。それに、わたしはまたいとこというか、そんなものだから。でもね、ジョー。わたしは、あなたをもらいたかったの。それからもずっとそう思ってた。だから、こうしてこの家に来てくれて、もう、うれしくてたまらないの」

「はい」

ジョーは、床《ゆか》に目を落としたまま答えました。

「さてと」

おばさんはそういって、ジョーのほうに身を乗りだしました。キスされるのではと、ジョーは心配になりましたが、おばさんは肩《かた》にちょっと手をふれただけでした。それから、さっと立ちあがっていいました。

「じゃあ、おやすみ。ぐっすりねむってね」

マイラおばさんがドアから出ていこうとしたとき、胸《むね》のなかのいらいらした気持ちが爆発《ばくはつ》して、ジョーは思わずこういっていました。

「マイラおばさん、どうして結婚《けっこん》してないんですか？　だれにも、結婚してくれっていわれなかったの？」

口走ったとたんに、いわなければよかったと後悔《こうかい》しました。なんて悪いことをいっちゃったんだろう。悪いどころか、すっごくいじわるじゃないか。

でも、マイラおばさんは気にしていないようです。ドアのところでちょっと立ちどまってからふりむきました。

「わたし、結婚することになってたのよ。婚約《こんやく》していたの。でも、彼《かれ》がね、戦死《せんし》したの。朝鮮《ちょうせん》で」

ジョーは、目を見はりました。大事な人を亡《な》くした人が自分のほかにもいるなんて、いままで考えてもみなかったのです。いらいらした気持ちが、すーっと消えていきました。

「マイラおばさん、ごめん！　ほんとにごめんなさい！　その人、なんて名前だったの？」

マイラおばさんは、ふっとやさしい顔になりました。

「その人の名前はね」

おばさんは、にっこり笑《わら》います。

「ジョーっていうの」

「えっ！　ぼくとおんなじだ」

「そうよ。あなたとおんなじ。じゃあ、おやすみなさい」

★

そして、ジョーはまたひとりになりました。窓《まど》のところに行って、外をのぞいてみました。もうかなりおそくなっているというのに、夕暮《ゆうぐ》れの光が空をふちどっています。いまは、一年のうちでもいちばん日の長い季節《きせつ》なのです。

あたりはまだ、おだやかで気持ちのいい空気につつまれていました。それなのに、ジョーはぶるっとふるえてしまいました。こんなに長い一日は、すごしたことがありません。

でも、だいじょうぶ。この町の上にも、ジョーが思っていたように、もう夜空が広がりはじめているではありませんか。まだ、それほど星は見えませんが、空にあるのはまちがいありません。まもなく、見えてくるでしょう。そして、もちろん月も。

コオロギが歌いだしています。通りの向こうの庭では、ローバー・ソープがほえています。ミドヴィルじゅうの犬に、「おやすみ」とあいさつしているのです。そして、マイラおばさんは――おばさんはジョーに「ずっとあなたといっしょに暮らしたかったの」といってくれました。そういうすべてのことが、暖《あたた》かく、気持ちよくジョーをつつみこんでいました。そして、頭のすみっこには、なによりもすばらしい光景《こうけい》がくっきりと残《のこ》っていました。それは、通りの向こうに住んでいる女の子のつやつや光る髪《かみ》が、夕日に照《て》らされてきらきらと光っているところでした。

4

土曜日の朝。ジョーは、はっと飛《と》びおきて目を見はりました。そして、やっと思い出しました。そうだ！　ここはミドヴィルなんだよ、だいじょうぶ。ベッドから出て身じたくをすませると、キッチンに行きました。レンジの上では、フライパンがジュウジュウとおいしそうな音を立て、マイラおばさんが大きなボウルに入った、クリームのようなものをかきまぜています。

「パンケーキとベーコンよ。好《す》きだといいけれど」

好きにきまってる！　きらいな人なんか、いるのかな？

「もちろん、ダイエットに向いたメニューじゃないけど。でも、そんなことは、考えなくていいわよね」

オレンジジュース、それにバターとメープルシロップもありました。ふたりはテーブルについて食事をはじめました。毎朝いっしょに食事をしているように、なにもいわなくてもよくわかっている友だちどうしのように、バターやメープルシロップをまわします。でも、これはふたりだけで食べる、はじめての朝ごはんです。ことさらいわなくても、ふたりともよくわかっていました。

ジョーは、マイラおばさんがじっと自分を見つめているのに気がついて、おばさんの顔を見ました。おばさんは、すぐに目をそらせましたが、にこにこ笑《わら》っています。

そして、朝ごはんがすんだとたんに、電話が鳴りました。電話は、レンジのすぐ横の壁《かべ》にとりつけてありました。マイラおばさんが、受話器《じゅわき》をとりました。

「もしもし?……はい、おはようございます……おむかいのソープさんよ。ほら、ビアトリスのお父さん」

マイラおばさんは、顔をジョーに向けていいます。

「なんですって?……まあ、それはうれしいわ……ジョーも、きっと喜ぶと……ええ、でも自転車がないんですよ……まあ、そんなことしていただいたら……はい、ちょっとジョーにきいてみますね」

マイラおばさんは受話器《じゅわき》をおろして、ジョーにいいました。

「ビアトリスが、町を案内してくれるっていってるの。行きたい？ ソープさんが、自分の自転車を貸《か》してくれるそうよ。それで、お昼になるようだったら、ふたりでどこかで食事をしてもいいって。どう？」

「オッケーです」

ビアトリスだって？ お昼まで、自転車でいっしょにまわるんだって？ オッケーにきまってるよ。

それにマイラおばさんも、ジョーに「行ってきなさい」とはいいません。行きたいかどうかちゃんときいてくれて、ジョーが自分できめるのを待ってくれたのです。

★

「ここって、けっこういい町よ」

ペダルをふんで道路を走りながら、ビアトリスが話しかけました。ローバーがはねながら、横を走っています。

「あたしはほかの町に住んだことがないから、ほかとはくらべられないけどね。ジョーの町って、どんなところ？」

「いいところだよ。たぶん、ここととあんまりちがわないと思う」

でも、こんなに青い空は、ウィロウウィックでは見たことがありません。それに、ウィロウウィックの太陽は、こんなにまぶしかったでしょうか。木もれ日がアスファルトやビアトリスの自転車のハンドルに落ちて、きらきらおどっています。ビアトリスの、つやつやした髪《かみ》にも。でも、もちろんそんなことは口に出しませんでした。

「だけど、ジョーの町にはエリー湖があるんでしょ。ここには、そういう名所ってないうか、そんなの、ないのよね。エリー湖だって、見たこともないもん。ジョーって、運がいいよね。ひとりであちこち行けるんだもんね。あたしは、そういうことできないの。っていうか、いっつも妹のイヴァンジェリンとドロシーをだれかが見なきゃいけないんだもの。お母さんは、うちのことをぜんぶやるってわけにはいかないし。ジョーは、きょうだいがいないんでしょ?」

「うん」

「ほんと、運がいいよね」

ビアトリスは、くりかえしました。

「だってさ、だいいち――ちょ、ちょっと待って。ローバーはどこ?」

ビアトリスはブレーキをかけて自転車を停《と》め、あたりを見まわしています。ジョーも、すぐわきに停まりました。

「あそこにいる。しょうがない子ね! なんでいっつもこんなことするのかな。ほら、見て。また、ジョンソンさんちのプールに飛《と》びこんで、転げまわったのよ」

ローバーは、近くの家の前庭に元気よくあらわれました。全身、びしょぬれ。胴《どう》やしっぽの長い毛がぺたりと張《は》りつき、耳なんかぬらしたふきんみたいです。そういうすがたになると、ただのしょぼくれた、やせ犬に見えます。けれども、ヒヤシンスの花壇《かだん》のそばで足をふんばり、ぶるぶるっとみぶるいしてヒヤシンスに雨粒《あまつぶ》のような水をふりかけると、ローバーはまたりっぱな犬にもどりました。

「ローバーったら」

にーっと笑《わら》いながらもどってくるローバーを、ビアトリスはしかりました。

「あんたは、とっても悪い子よ」

でも、あんまりおこった声ではありません。ローバーにもそれがわかったらしく、大きな犬がよくやる、あのとびきりの笑顔《えがお》を見せました。耳をたれ、やさしい目になって、左右の口角《こうかく》を思いっきりあげたのです。

「ローバーって、なんて種類《しゅるい》なの？」

ジョーは「いい子だね」と、ローバーにうなずいてみせながらききました。

「えっと、ちょっと待ってね。半分がゴールデン・レトリバーで、半分エアデール・テリアで、半分コッカー・スパニエルよ」

「半分が三つもあるじゃない！」

「そう。だから、からだがおっきいのよ。だけど、ほんとのことというと、ただの雑種《ざっしゅ》ね。あたしたち、ソープ家のみんなみたいに」

「ええっ、自分たちのこと、雑種《ざっしゅ》だって思ってるの？」

ジョーは、びっくりしました。

「そうよ」

ビアトリスは、笑《わら》いながらいいました。

「それって、血統書《けっとうしょ》つきじゃないってことだけだもん。でもね、パパがいうには、血統書なんてステージにのぼってみんなに見られるのが好《す》きじゃなきゃ、なんの意味もないんだって」

ふたりは、また自転車に乗って、あちこちの通りを出たり、入ったりしました。きのうジョーが通った公園のなかも、横切りました。ビアトリスは、中学校にまで連《つ》れていってくれました。

「ジョーも、中学校に行かなきゃいけないんだよね」

中学校の前で自転車を停《と》めると、ビアトリスはいいました。

「それって、いやじゃない？　だって、あたしたちは学校じゅうでいちばん小さいってことになるんだよ。小学一年みたいに。けっこういじめられるかも」

「かもね」

「そうにきまってるよ」

ビアトリスは、また自転車をこぎだしながらいいました。

「あたしは、うちでは、ずーっといちばん年上でしょ。それって、けっこうつらいんだよね。だけど、前にマイラさんが話してくれたけど、ジョーは、きょうだいがいないから、うちでいちばん年上で、いちばん年下なんだよね。さっきもいったけど、運がいいよね。なんでも好きにできるんだもの」

運がいいだって！

運がいいといわれたのは、これで三度目です。いままで自分のことをそんなふうに考えたことがなかったので、ジョーはどう答えたらいいか、わかりませんでした。でも、ビアトリスはジョーの返事《へんじ》を待っていませんでした。

「ねえ！」

と、とつぜんいったのです。

「丘《おか》の上通りに行って、お金持ちの人たちがどんなふうに暮《く》らしてるか見てみない？

丘《おか》の上通りってね、雑種《ざっしゅ》はひとりもいないんだよ！　家だってみんな、お城《しろ》みたいなの。あたしのクラスにも、丘の上通りに住んでる男の子がいるけど、来年グレンフィールドに行くんだって」

「グレンフィールドって？」

「男の子たちが行く、私立《しりつ》の学校よ。女の子の私立校もあるの。フォークストーンっていうんだけどね。どっちも、郊外《こうがい》にあるんだって」

「へええ」

「ま、たいしたことじゃないけどね。お金持ちの子だったら、そういう学校に行かなきゃいけないってだけ。さあ、丘の上通りに行ってみようよ。ミドヴィルのことが知りたければ、丘の上通りを見てみなきゃ。それから、お昼を食べに行こう」

★

たしかに、丘の上通りのお屋敷《やしき》は、どれも大きくて、美しいものでした。大きくて美しい木が植えられ、広い、緑の芝生《しばふ》が広がっています。前庭を低《ひく》い石塀《いしべい》でかこんだ家もあり――。

「うわあっ！　あの家、見て！」

ジョーは、大声でいいました。

ふたりは自転車をおりて、歩道からそのお屋敷をながめました。ほかよりもずっと広くて、ずっと青々した芝生のはるか向こうに建《た》っている家ときたら！

それはそれは大きくて、それはそれは美しいお屋敷です。白く塗《ぬ》ったレンガの家で、黒い窓《まど》わくに黒いよろい戸がつけられ、玄関《げんかん》には白い円柱がずらりとならんでいます。

「ボルダーウォールさんのお屋敷よ。町の向こうに大きな工場があるの。そこの社長さん」

「すっごいお金持ちなんだね」

「そうよ。エンジンに使う、スワーヴィットとかいうものを発明したんだって。スワーヴィットを作ってるところって、ボルダーウォールさんの工場だけなんだけど、そこらじゅう、どこでも使われてるんだって、パパがいってた」

「ぼくも聞いたことがある。このあいだの冬、おばあちゃんも車に使うからって、新しいのを買ってたよ」

それから、ジョーはまだお屋敷《やしき》を見つめたまま、ひとりごとのようにいいました。

「ああいう家に住むのって、どんな感じなんだろう」

ビアトリスも、うなずきました。

「だけど、毎週あんなに広い家をそうじしなきゃいけないんだよ！　もちろん、お手《て》伝《つだ》いさんもいっぱいいて、そうじとかしてるんだと思うけど。だって、ボルダーウォールさんの奥《おく》さんがそうじ機《き》をかけてるところなんて、想像《そうぞう》できないもの」

「奥さんのこと、知ってるの？」

「知ってるとはいえないけど。見かけたことは、ずいぶんあるよ。パパも一度、お屋敷に仕事で行ったことがあるの。外に、どっさりライトをつけたんだって。お屋敷の裏《うら》には、プールがあってね、テニスコートも、それに……だめっ！　ローバー！　こら、ローバー！」

もう、おそすぎました。プールという言葉を聞いたとたんにわかったのでしょうか。

芝生《しばふ》の上をはねていったローバーは、ビアトリスが呼《よ》んだり口笛を吹《ふ》いたりするのを無視《むし》して、お屋敷の裏に消えました。

「うわっ、最悪《さいあく》！」

ビアトリスは、さけびます。

「ああ、どうしたらいい？　早くつかまえなきゃ。ほっとくわけにいかないもの。だれかが庭にいたらどうしよう。見つかっちゃうよ」

「で、ローバーがプールに入っちゃったりして」

「やだあ。こわいこといわないでよ！　けど、ジョーのいうとおりだよね。あのバカな子、ぜったい入っちゃうもん。で、出られなくなっちゃう。だって、本物のプールなんだよ。ほら、はじのほうが深くなってるプール。さあ、いそがなきゃ！」

ふたりは自転車をたおしたまま、走っていきました。

★

うれしいことに、最悪《さいあく》のことというのは、そうそう起こらないものなんですよ。

ボルダーウォールさんのお屋敷《やしき》の裏側《うらがわ》には、石でできた広いテラスがついていて、赤いクッションをおいた籐椅子《とういす》や寝椅子《ねいす》、それに白い金属製《きんぞくせい》の丸いテーブルの上に、しまもようの日傘《ひがさ》が差しかけてありました。テーブルについているのは、アンソン・ボルダーウォールさん、その人。土曜日の朝刊《ちょうかん》を広げています。

ボルダーウォールさんのすぐわきには、コーヒーと、あまいシナモンロールをのせたお皿がおいてあります。そして、ボルダーウォールさんは、ローバーにシナモンロールを分けてやっていました。

ボルダーウォールさんは、かなりのお年寄《としよ》りでした。ぱっと見たときに、ジョーは小さい子の描《か》いた絵みたいだなと思いました。丸っこいからだに、長くて細い手足がついているようすときたら、リンゴから棒《ぼう》がつきだしているみたいです。白いシャツとズボンの夏服の上からでも、ひじや、ひざや、肩《かた》がとんがっているのがわかりました。しわのよった手の甲《こう》には大きな茶色いしみがうかんでいるし、シナモンロールをちぎっている指の関節《かんせつ》もごつごつしてます。けれども、年とっているということ以《い》上《じょう》に、なにかとても重々しい感じがしていました――落ち着き、自信《じしん》、力強さのようなものがただよっているのです。

ローバーは、会ったとたんにボルダーウォールさんの力強さを感じとったにちがいありません。犬には、そういうことがわかるんですよ。ボルダーウォールさんのひざにぴったりと寄《よ》りそったローバーは、耳をぴんと立てて、鼻を砂糖《さとう》まみれにしていました。その目は、尊敬《そんけい》の念《ねん》であふれていました――もちろん、期待にもあふれていましたけれど。

「やあ！」

ボルダーウォールさんは、ビアトリスとジョーがやってくるのを見て、たずねました。

「これは、きみたちの動物かね？」

「あら、たいへん！　はい、あたしのうちの犬です」

と、ビアトリスは答えました。

「ごめいわくをかけて、ほんとうにすみません。呼《よ》んだんだけど、もどってこなくって」

「めいわくなど、かけておらんよ」

と、ボルダーウォールさん。

「わたしは、犬が好《す》きだからね。きみたちは、このへんに住んでるのか？」

「グレン通りです」

と、ビアトリス。

「ジョーに、町を案内していたんです。ここに来たばっかりだから」

ボルダーウォールさんは、ジョーのほうを見ました。

「ほおお？　ここに引っこしてきたのかい？」

「ちがうんです。あの……えっと……おばさんのところに泊《と》まりにきて」

「じゃあ、家族はどこに住んでるのかね？」

「いないんです……っていうか……家族って、おばあちゃんとおばさんしかいないんで」

そう答えたものの、ジョーはちょっと顔をしかめました。そんなこと、このおじいさんとは関係《かんけい》ないのに……。

ボルダーウォールさんは、ジョーのしかめっつらに気がついたのかもしれませんが、そんなことは気にしないようすでつづけました。

「つまり、みなしごみたいなものってことか。そうだろ？　おばあちゃんのほかに、おばさんしかいないんだから」

「ほんとうのおばさんってわけじゃなくて、ただのいとこっていうか……」

ジョーは、口ごもりました。

「すっごくいい人なんですよ」

ビアトリスが、横からいいました。

「いまは先生をしているけど、前はうちの父の会社で働《はたら》いてたんです。ソープ電機《でんき》で」

「ああ！　きみのお父さんは、ソープ電機の社長なのかね？」

ボルダーウォールさんは、ビアトリスをちらっと見ました。

「そうなんです」

といってから、ビアトリスはつけくわえました。

「あっ、ごめんなさい。あたしたちは、ボルダーウォールさんのことを知ってるけど、あたしたちのことは知らないのにきまってますよね。あたし、ビアトリス・ソープっていいます。それで、こっちがジョー・カジミール」

ボルダーウォールさんは、はっとこおりついたようになりました。目を丸くして、ジョーを正面から見ようと向きを変《か》えています。しばらくだまっていてから、ボルダーウォールさんは、ジョーにききました。

「カジミールという苗字《みょうじ》なんだね？　どうつづるんだ？」

ジョーは、つばを飲みこんでから、せきばらいをして、ちかくのニレの木を見あげながらいいました。

「C《シー》―A《エー》―S《エス》―I《アイ》―M《エム》―I《アイ》―R《アール》です」

そして、もう一度せきばらいしました。

ボルダーウォールさんは、ジョーを見つめたまま、コーヒーをひと口すすりました。

「ポーランドの名前だ」

やっとそういって、カップをおきます。

「知ってたかね?」

「いいえ」

と、ジョー。

「そうなんだよ。ポーランドに、おなじ名前の王さまもいた。ずっと昔のことだがね。だから、きみのお父さんもきっとポーランド人だな。おばさんの名前は、なんていうんだね? ああ、いとこだっけか。きみが泊《と》まっている家のおばさんのことだよ」

「マイラ・カジミールです」

ボルダーウォールさんは、ちょっとまぶしそうにジョーを見てからききました。

「きみは、何歳《さい》なんだ?」

ビアトリスは、ジョーをちらっと見てから、かわりに答えました。

「十二歳。あたしと同い年です」

ボルダーウォールさんは、まだジョーの顔を見たまま「十二歳」と、くりかえしました。それから、ローバーの耳のうしろをなにげなくかきました。

「きみの犬、ぬれてるぞ」

ビアトリスのほうを見ずにいいます。

「そうなんです。どこかの家のビニールプールに入っちゃったらしくて。もう、うちに連《つ》れて帰ります。ローバーをおこらないでくれて、ありがとうございます、ボルダーウォールさん。もう、ぜったいお庭に入らせたりしませんから」

「いいや、いつでもおいで。きみたちふたりも、犬も、いつでも遊びに来たらいい」

それだけいうと、ボルダーウォールさんは、また新聞を読みはじめました。

★

やっと歩道に出てから、ビアトリスが息をつきました。

「ふーっ！　よかった。やっと終わったよ！」

「ぼくも、ほっとした」

ジョーも、ため息をつきました。

「さあ、ローバーをうちに連れてってから、ゴブル・ステーキハウスでお昼を食べよう」

「ゴブル・ステーキハウス？」

ジョーは、びっくりしました。

「ここにも、ゴブルがあるの？　ぼくの町にもあるんだよ」

「あの店は、アメリカじゅうにあるのよ」

ふたりはまた、ペダルをこぎだしました。

「でも、ボルダーウォールさんって、ローバーにやさしかったよね。それに、ジョーのことも、ずっと見てたじゃない。きっと、すっごく気に入ったんだと思う」

そんな話をふたりがしているとき、ひとりでテーブルの前にすわっていたボルダーウォールさんは、新聞をおしやって、ポケットから小さな革表紙《かわびょうし》の手帳をとりだしました。手帳についている革のループから小さな鉛筆《えんぴつ》をぬきだし、手帳を開くと、「ジョー・カジミール」と書きます。その下に「マイラ・カジミール」。書き終えたボルダーウォールさんはそのページをやぶって、テーブルの上におきました。それから、長いことずっと、思いをめぐらせているように見えました。

★

お昼どき、大きくて、美しいお屋敷《やしき》では、ボルダーウォールさんと奥《おく》さんが食卓《しょくたく》についていました。奥さんは、白い帽子《ぼうし》とエプロンすがたのメイドが差しだす大皿から、冷たいエビのサラダを自分の皿にとっているところでした。

「ありがとう、デリア」

奥さんはメイドにいってから、ボルダーウォールさんにサラダをすすめるように、手で合図しました。

「ねえ、アンソン」

奥さんは、ボルダーウォールさんにたずねました。

「テラスに、男の子と女の子がいたんじゃなくって？　みっともない犬もいたようだけど。あの子たち、なにかもらいにやってきたの？」

「なにかをもらいにきたわけじゃない。犬を連《つ》れもどしにきたんだよ。あの男の子の苗字《みょうじ》は、カジミールっていうんだ」

「それは、どういう苗字なんですか？　そんな苗字の人、聞いたことがないわ！」

「わたしもだよ。今まではね」

ボルダーウォールさんは、なにやら思案に暮《く》れているように顔をしかめて、目をそらしました。

「生きているカジミールには、会ったことがないってことだがね。ポーランドには、カジミールという名前の王が三人いたんだ。たしか、三人だったな。ずっとずっと昔にね。何百年も前のことだ。あの男の子は、ミドヴィルにいるおばさんを訪《たず》ねてやってきたんだと――いや、親せきかなんかだといってたな。おばさんの名前は……えーと……ちょっと待てよ」

ボルダーウォールさんは、内ポケットから紙きれをとりだして、見てみました。

「おお、そうだ。マイラ・カジミール。グレン通りに住んでいる。で、男の子の名前はジョーっていうんだ」

そこで言葉を切ると、ボルダーウォールさんは、いつものてきぱきした、自信《じしん》たっぷりのたいどにもどりました。

「ルセッタ、ひとつたのみがあるんだが。あした、このふたりを招待《しょうたい》してくれんかね。ふたりだけだよ。まあ、お茶の席《せき》でもなんでもよろしい。すぐに招待状《しょうたいじょう》を書くように。ファーガスに招待状を持たせて家にとどけ、すぐに返事《へんじ》をもらってこさせてくれ」

ボルダーウォールさんは紙切れを奥《おく》さんにわたしてから、意味ありげにつづけました。

「あの子のことを、もっと知らなきゃならんからな」

奥さんは、なんておかしなことを、というように目を細めました。

「アンソン、いったいなんのためにふたりをよぶんですか？」

「いいや、なんでもないかもしれん。わたしにも、まだわからんのだよ」

ボルダーウォールさんは、白状しました。

「ちょっと頭にうかんだことがあるんでね」

奥さんは、眉《まゆ》をひそめました。

「でも、いったいぜんたい、どこにでもいるような、あんな男の子に、なんの用があるとおっしゃるの？　だいたい、どこの子なんですか？　どなたの親せき？　そんな子を、ここに招待するんですか？　この家に？　お客さまとしてですか？」

「わたしは、そういってるんだ」

「まさかアンソン。あなた、信《しん》じてらっしゃるんじゃないでしょうね？　あの子が、とっくの昔に亡《な》くなったポーランドの王さまとおなじ名前だからといって……」

「王家の血筋《ちすじ》をひいていると、わたしが思ってるのかって？　とんでもない！　うちの工場で溶接工《ようせつこう》をしているエイブラハム・リンカーンのことを、話したことがあったかね？　あの男だって、リンカーン大統領《だいとうりょう》とは縁《えん》もゆかりもない。そういうことじゃなくって、わたしはただ、あの子とまた会いたいんだ。それだけだよ。だから、そうとりはからってくれ、ルセッタ。あしたの午後、お茶に招待するんだ。ちゃんとした住所を調べて、ファーガスに車を出すようにいうよ。だから、招待状を書き終えたら、ファーガスにわたすように。そのあとは、彼《かれ》がすべてやってくれる」

ふたりはだまったまま昼食を終えました。ボルダーウォールさんは立ちあがってのびをしてから食卓《しょくたく》をまわっていき、奥さんのほおにキスをして食堂を出ていきました。キスのせいで、きれいにカットされた顔のわきの白髪《しらが》がみだれたので、奥《おく》さんはそっと整えました。わかったわと、奥さんは思いました。アンソンがあの男の子をもっと知りたいと思っているなら、そうさせてあげましょう。たしかにおかしなことだけど、たいした問題にはならないでしょうから。

それでも奥さんは、やれやれと首を横にふりました。たしかに、ボルダーウォールさんはビジネスの世界でたいへんな成功《せいこう》をおさめましたが、ときどきこういうおかしなことを思いつくくせがあるのです。そして、そんなことは世間では通りませんと奥さんがいくらいっても、効《き》き目《め》がありません。

はいはい、お茶に招待《しょうたい》すればいいのね。

デリアが食卓《しょくたく》をかたづけているあいだ、奥さんは書斎《しょさい》のデスクに向かっていちばん上等の便せんをとりだし、招待状《しょうたいじょう》を書きはじめました。

5

グレン通りにもどってきたジョーは、人生っていうのはなかなかいいものだと思いはじめていました。ビアトリスといっしょにゴブル・ステーキハウスで食べたハンバーガーは、最高《さいこう》。家への帰り道も、最高でした。それに、ビアトリスがいうには、ジョーが自転車を使いたいときには、いつでもソープさんが貸《か》してくれるとか。今度は郊外《こうがい》に行って、あちこち見てまわろうとまで、ビアトリスはいってくれたのです。

ウィロウィックのみんなが、ぼくがいないのをさびしがっていなくたって、そんなのへっちゃらさと、ジョーは思いました。ぼくだって、さびしくなんかないよ。いまは、もう。知らぬまに小さく口笛を吹《ふ》きながら、ジョーは前からずっと住んでいるような顔でマイラおばさんの家に入っていきました。

マイラおばさんは、リビングにいました。背《せ》の高い、骨《ほね》ばった男の人が、ソファのひじかけにこしかけています。細っこい顔は、いかにも元気いっぱいで、これから起こることをひとつも見のがすまいと思っているようです。

「ジョー！」

マイラおばさんが、声をかけました。

「よかった、帰ってきてくれて。しょうかいしたいと思ってたのよ。ヴィニー、わたしのいとこのジョーよ。ジョー、こちらはヴィニー・フォーチュナード。ソープ電機《でんき》で二番目にえらい人よ」

「やあ、ジョー。近くに来たから、ちょっと寄《よ》ったんだよ。で、社長のおじょうさんとでかけたんだって？　どこに行ったんだい？」

ジョーがすぐに好《す》きになってしまうようなところが、ヴィニーさんにはありました。なんだか、とても話がしやすい感じがするのです。

「自転車で、ぐるっと回ったんです」

マイラおばさんの横にすわって、ジョーはいいました。

「で、すっごく大きなお屋敷《やしき》のあるところまで連《つ》れてってくれて。そしたら、そこにいるうちに、ビアトリスの犬のローバーが、ボルダーウォールさんとかいう人の庭に走ってってしまって。だから、お屋敷の裏庭《うらにわ》までつかまえにいかなきゃいけなくて。ローバーをね。そしたら、そこにいたんですよ。ボルダーウォールさんが」

「おやおや、大金持ちのボルダーウォールさんがいたんだ」

ヴィニーが声をあげました。

マイラおばさんも、目を丸くしました。

「ジョー、ほんとに会ったの？　どんな感じの人だった？」

「いい人だったよ。ローバーに、シナモンロールをやってたんだ。でも、ぼくにいろんなことをきいてきて、苗字《みょうじ》はどうつづるのかなんてことまで」

そこで、ジョーは言葉を切りました。だれかがドアをノックしていたからです。

「郵便配達《ゆうびんはいたつ》ね。ジョー、出てくれる？　でも、すぐにもどってきてよ！　今朝《けさ》のできごとのこと、もっとききたいから」

でも、ノックしていたのは、郵便配達《ゆうびんはいたつ》ではありませんでした。少なくとも、ジョーはそんな郵便配達を見たことがありません。ジョーがドアをあけると、立っていたのは、背中《せなか》の曲がった、小さな男の人でした。濃《こ》い色のこぎれいなスーツを着て、キャップをかぶっています。とても礼儀《れいぎ》正しい人で、キャップの縁《ふち》に手をやって、敬礼《けいれい》みたいなしぐさをしてから、こういいました。

「こんにちは。わたくし、ファーガスと申します。おじゃまして、たいへん申しわけありませんが、アンソン・ボルダーウォール氏《し》の奥《おく》さまから、マイラ・カジミールさまにあてたお手紙を持ってまいりました」

外の道には、長い、紺色《こんいろ》の車が横づけされています。ピカピカの大きな車は、アヒルの池にうかんだ豪華《ごうか》なヨットのように、グレン通りには似《に》つかわしくないものでした。

「マイラおばさあん！」

ジョーは、顔をうしろに向けて呼《よ》びました。

「おばさんに手紙を持ってきてくれたんだって」

おばさんは、興味《きょうみ》しんしんといった顔で出てきました。

「こんにちは」

小さな男の人は、二度目の敬礼をしました。

「ごきげんよろしゅう。わたくし、ファーガスと申しましてな、ボルダーウォールさまご夫妻《ふさい》の運転手をしております。あなたさまにお手紙をとどけにまいりまして、できましたらすぐにお返事《へんじ》をいただいて、お屋敷《やしき》にもどりたいのでございますが。よろしゅうございますか?」

ファーガスさんは、マイラおばさんにきいているのです。

「まあ」

と、マイラおばさんはいいました。

「もちろんですとも! 喜んでお返事いたしますわ! さあ、どうぞお入りになって」

ファーガスさんは、ちょっとあとずさりして、首を横にふりました。

「いえ、とんでもない。ありがとうございます。こちらで待たせていただきます。それに」

ファーガスさんは、封筒《ふうとう》を差しだしながら、親切にこういいました。

「おいそぎになることはございませんよ。どうぞ、ごゆっくり」

封筒は、ぶあつい、クリーム色の紙でできていました。マイラおばさんは、ジョーとヴィニーさんにはさまれてソファにすわり、おそるおそる封筒をあけました。ぶあつい、クリーム色の便《びん》せんをそろそろ広げると、便せんのいちばん上に、RB《アールビー》という頭文字《かしらもじ》が青い色で型《かた》おししてあるのが見えました。その下に、手書きの文字がならんでいます。マイラおばさんは、声に出して読みました。

カジミールさま

あす、日曜日の午後四時、貴女《あなた》さまとジョウゼフさまをお茶の席《せき》にご招待《しょうたい》申しあげます。おふたりがいらしてくだされば、わたくしどもは光栄《こうえい》に存《ぞん》じます。お天気がよろしければ、外でお茶をごいっしょするのはいかがでございましょう。今年のように美しい春をむかえることができて、なんとも幸せなことでございますね！

お目にかかれるのを、心から楽しみにしております。

ルセッタ・ボルダーウォール

マイラおばさんは、便せんをひざの上に落としました。

「ジョー！　びっくりね！」

おばさんは、大きな声でいいます。

「今朝《けさ》、あなたに会って、ボルダーウォールさんはよっぽど気に入ったのね！」

おばさんは、便せんを拾いあげると、今度は声にださずに読んでいましたが、そのうちにまよったような、こまったような顔になりました。

「すぐにお返事《へんじ》しなきゃいけないわよね。外にいるおじいさんを待たせちゃ悪いもの。ジョー、どう思う？　わたしは、うかがいますとお返事したほうがいいと思うけど。だって、ボルダーウォールさんのお屋敷《やしき》によばれたのよ！　どうかしら？」

ジョーは、顔をしかめました。

「ぼく、なんにもやってないんだけど！　ほとんど口だってきかなかったんだから！

ほんとに行かなきゃいけないの？」

ヴィニーさんが、ふふっと笑《わら》いました。

「行きたくなかったら、悪いけど行きたくないって返事《へんじ》すればいいよ！　かんたんなことじゃないか。あのれんじゅうのいうとおりにする義務《ぎむ》はないんだ。王さまやなんかじゃないんだからね」

「ちょっとヴィニー」

マイラおばさんが、口をはさみました。

「ボルダーウォールさんたちだって、自分たちを王さまだなんて思ってるはずないわ！　ただ、お茶に招待《しょうたい》したいってだけじゃないの。だいたい、あなたは会ったこともないんだから、どんな方たちなのかわかるはずないでしょ」

「いいや、会ったっていえるかも。丘《おか》の上通りの屋敷《やしき》で、何度も仕事をしてるからね。それに、きみだってあのれんじゅうのことを知らないじゃないか！」

「ええ、知らないわよ。でも、きちんとした、親切な方のような気がするの。あなた、お金持ちにうらみでもあるわけ？　あなたは、お金持ちになりたいんだとばかり思ってたけど！　いっつも宝《たから》くじの話ばっかりしてるじゃないの」

「はいはい、おおせのとおりですよ。おれは、いまに金持ちになるんだ。見ててごらん」

「ねえ、もし宝くじに当たったら、すっごくお金をもらえるわけ？」

ジョーは、ボルダーウォールさんのお茶会のことをすっかりわすれてたずねました。

「ちょっと、きみ」

ヴィニーさんは身を乗りだして、コーヒーテーブルの上に細い指をつきたてました。

「当たったら、じゃなくって、当たったときは、っていってくれないか。そのとおりだよ。たいへんなお金をもらえるんだ！　もらったお金をどうするかは、まだきめていないんだけどね。きちんときめてはいないってことだ。でも、これだけはわかってる。宝くじが当たったら、おれはにこにこ笑《わら》いながら、それからの人生をすごすにちがいない」

ヴィニーさんは、ソファに深くすわりなおすと、満足《まんぞく》そうにうなずいてみせました。

「ぜったいに宝くじに当たるって、どうしてわかるの？」

ヴィニーさんは、きっぱりといいました。

「わかってるからわかるんだ。だがね、いいか。そういうことが起きても、おれが別《べつ》人《じん》に変《か》わるわけじゃない。おれは、やっぱりいまとおんなじ、ただのヴィニー・フォーチュナードさ。丘《おか》の上通りに住んでるれんじゅうにも、おなじことが起こったんだよ。ところが、やつらは自分だけが特別《とくべつ》な切符《きっぷ》を持ってると思ってる。だけど、れんじゅうをパンツ一ちょうで行進させてごらんよ。ほかのみんなとおなじことがわかるさ。やっぱり人間であることに変わりないんだよ」

「ぼくのおばあちゃんも、おんなじことをいってるよ。みんな、ひと皮むけばおんなじ人間なんだって」

ヴィニーさんは、立ちあがりました。

「まあな、ジョー。おれはおばあちゃんほど年をとっていないけど、いままでの経験《けいけん》からすれば、そういうことだ。じゃあ、またな、マイラ。楽しい休みをすごせるといいね」

ヴィニーさんは玄関《げんかん》から外へ出ると、いきおいよくドアを閉《し》めました。

「休みって、なんのこと?」

ジョーは、マイラおばさんにきいてみました。

「ああ、わたしの学校も夏休みになるからよ。あなたとふたりでなにをするか、いろいろ計画を立ててるところなの。でもね、ジョー。まず最初《さいしょ》に、あしたのことをきめなくっちゃ」

マイラおばさんはサイドテーブルにおいてあったボルダーウォール夫人《ふじん》の招待状《しょうたいじょう》を手にとって、封筒《ふうとう》にもどしました。

「喜んでうかがいますって返事《へんじ》したほうがよくない? あなたが行きたくないのはわかってるけど——でもね、あのお屋敷《やしき》をちょっと見物するのも楽しいんじゃないかしら」

「ぼくはもう、見たもん。ただの家だったよ」

「ただの家なんて、とんでもない! それにね、白状するけど、あそこに行くのは、わたしだってすっごくこわいのよ。でも、ふたりで行くのだったら……ねえ、ジョー。行きましょうよ! 一度だけでいいから。わたしたちみたいな人間が、ボルダーウォールさんのような人に招待《しょうたい》されるなんて、めったにないことなのよ。ねえ、そんなに長くいるつもりはないから」

おばさんは、すがるような目でジョーを見つめます。

「買い物に行って、あなたのシャツとネクタイを買わなきゃね。よそゆきを着るの、いやじゃないでしょ？　お茶会用のユニフォームみたいなものよ。そうじゃない？で、どうする？　行くって返事《へんじ》してもいいかしら？」

「えっと……うん、いいかも。おばさんが、ほんとに行きたいんなら」

自分の気持ちをおしやって、ジョーはそう答えることができました。なんだか、きゅうに自分が大人《おとな》になったような気がしたからです。世間のことを知りつくして、たいくつしきっているような大人です。いっぽうマイラおばさんは、あたしも世の中が見てみたいのとジョーにせがんでいる子どもになったようでした。

★

夕食を終えてから、ジョーとマイラおばさんはミドヴィルの中心街《ちゅうしんがい》にある、大きなデパートに行きました。男の子の服の売り場で、ジョーは、大人っぽい白いシャツとネクタイを買ってもらって、夕暮《ゆうぐ》れの光が残《のこ》っている町に出てきました。紺色《こんいろ》のネクタイには、ちっちゃな黄色い星が散《ち》らばっています。マイラおばさんが、ネクタイかけにどっさりかかっているなかから選《えら》んでくれたものです。家に帰るとちゅうで、車が交差点で停《と》まると、おばさんは空を指さしました。

「ほら、ジョー。あなたのネクタイみたい！」

おばさんのいうとおり、競《きそ》いあって立っているビルの向こうに、小さな黄色い星がかがやきだしています。紺色の空一面に、塩の粒《つぶ》をまいたように無数の星がまたたいているのです。

「ねえ、ジョー」

マイラおばさんは、車をスタートさせながらいいました。

「ちょっと郊外《こうがい》をドライブしてみるのはどう？　それから家に帰ればいいじゃない？ちょっとバカみたいに聞こえるかもしれないけど、わたしね、夜の空をながめるのが大好《だいす》きなの」

「うん、いいよ」

はっとしたのをさとられないといいなと思いながら、ジョーはいいました。

「行ってみようよ」

「ぼくも夜空を見るのが好きなんだ」と、あやうくつけたすところでした。それだけは、ぜったいに口に出してはいけないのです。どうしてか、自分でもはっきりわかっているわけではないのですが、心のうちをすっかりさらけだしてしまうような気がするのです。夜空が好きなのは、自分だけが知っていること。だれかが心のドアに近づいてくるのがわかると、ジョーはいつでもドアをぴたりと閉《と》ざしてしまいます。そのドアには「ぜったいにしゃべってはいけない」と書いてありました。

車がミドヴィルの町の境《さかい》をこえるころから、街灯《がいとう》はまばらになり、うす暗いなかに、柵《さく》にかこまれた小さな農場がいくつも、ひっそりとたたずんでいるのが見えてきました。牛小屋や、干《ほ》し草《くさ》を入れておく納屋《なや》も、それぞれの影《かげ》のなかに居心地《いごこち》よさそうにねむっています。動物たちもみな、すっかり落ち着いているようです。ガーガーさわいだり、モーモー鳴いたりしていません。マイラおばさんは、農場の近くに車を寄《よ》せると、エンジンを切りました。車を走らせているあいだに、雲のあいだから月がのぼり、満月《まんげつ》に近いやさしい面差《おもざ》しを、空の低《ひく》いところにのぞかせていました。

「なんてすてきなんでしょう！」

マイラおばさんは、そういってから、ちょっとだまりました。それから、またつづけました。

「わたしね、大きくなったらなりたいなって思ってたときがあったの。天文学者とか。ほら、星を研究する人。そういう研究って、想像《そうぞう》できる？　想像できるかって？　想像できるどころか……！　でも、ジョーは「まあね」とだけ答えておきました。

マイラおばさんは、ため息まじりにいいました。

「でも、ずいぶん時間がかかるでしょうね。そういうことを勉強するのって。どっちみち、とってもむずかしいでしょうし。わたし、学校で習った代数だって、なかなかついていけなかったもの。公式とか、分数を使って証明《しょうめい》するとか、おかしな、ちっちゃな記号とかね。そうでしょ。証明《しょうめい》するっていったって、終わってみればなにを証明したかわからないし、どうして証明したかだってわからないじゃない。でも、数学で満点《まんてん》をとらなくたって、外へ出て星をながめることはできるものね！」

「そうだよね」

と、ジョーは答えました。でも、心のなかでは、公式とか、ぼくは好《す》きだなと思っていました。小学校では、代数のようなおもしろいものは、まだあまり習っていなかったけれど。でも、マイラおばさんには、そんな話はしないほうがいいのです。まだ、いまのところは。そこで、こういってみました。

「マイラおばさん、もう一度、学校に行けるんじゃないの。もし、おばさんがそうしたかったら」

「まあ、うれしいことをいってくれるじゃない！」

マイラおばさんは、笑《わら》いだしました。

「でも、わたしはいまのままでいいのよ。ありがとうね」

それから、ふたりはしばらくのあいだだまって、夜空を見あげていました。それからやっと、おばさんは車のエンジンをかけました。

「さあ、うちに帰る時間よ。わたしたちがいなくても、空には朝になるまでがんばってもらわなきゃ」

だけど、星も、それから月も、いつだってあそこにいるんだよ。そう思うと、ジョーの心は幸せな気持ちでいっぱいになりました。だれが見ていようと、見ていまいと、星や月はいつでも空にいるんですから。

6

つぎの日の午後、ジョーは鏡《かがみ》にうつった自分のすがたを見ていました。ネクタイなんて、いままでしめたことがありません。でも、マイラおばさんが選《えら》んでくれたのは、最初《さいしょ》から結《むす》んであるネクタイなので、ほっとしました。きちんと見えるように、だれかに手《て》伝《つだ》ってもらわなくてもすみますからね。

あっちを向いたり、こっちを向いたりしてから、うん、悪くないなとジョーは思いました。なんだか劇《げき》の衣装《いしょう》みたいだけど、それでもいいよ。だいいち、ボルダーウォールさんの家のお茶会に行くのだって、劇のなかのできごとみたいだもの。おばあちゃんが、ぼくのすがたを見たら、なんていうかな。それに、ビアトリスは？　ふたりが、今日のお茶の席《せき》にいなくてよかったよ。たぶん、ぼくはなにもかも失敗《しっぱい》するにきまってるもの。お茶をこぼしたりとか。でも、少なくとも服装《ふくそう》だけは、だいじょうぶみたいだ……。

二階《かい》にいるマイラおばさんが、たんすの引きだしやクローゼットのドアを何度もあけたり閉《し》めたりしながら、歩きまわっているのが聞こえます。ジョーはリビングに行ってソファにすわり、おばさんがおりてくるのを待ちました。さっきから遠くの空がゴロゴロいっていましたが、ますます雲行きがあやしくなって、そのうちに最初の雨《あま》粒《つぶ》がポツポツと落ちるのが聞こえてきました。これでは、とても外でお茶を飲んだりできません。ボルダーウォールさんの大きくて、美しいお屋敷《やしき》に入るほかないでしょう。

★

四時きっかりに、マイラおばさんとジョーは、ボルダーウォールさんの大きな玄関《げんかん》ドアの前に立ちました。マイラおばさんは、こげ茶のスカートとジャケットという、念入《ねんい》りのおしゃれをしています。

おばさんが、ベルを鳴らしました。たちまちドアがさっとあいて、パリッとした制《せい》服《ふく》を着たメイドが、ふたりを大きな玄関《げんかん》ホールに招《まね》き入《い》れました。やわらかな明かりに照《て》らされた玄関ホールには、小さなテーブルがおいてあり、丈《たけ》の高い花びんに、さらに丈の高い白いバラが、どっさりいけてあります。テーブルのうしろにある壁《かべ》には、とてつもなく大きくて重そうな鏡《かがみ》がかけてあります。金のでこでこした渦巻《うずま》きもようで縁《ふち》どりされた鏡は、しかめっつらで、ジョーにこういっているようでした。鏡にうつったすがたは、おまえの胸《むね》だけにとどめておけよ。けっして鼻を高くしたりするんじゃないぞ……。

玄関ホールの奥《おく》には、ふかふかのじゅうたんをしいた階段《かいだん》がありました。階段は、大きくカーブを描《えが》いて、これもまたやわらかな明かりに照らされたどこかにつづいています。そして、マイラおばさんとジョーが立っているところから、アーチ型《がた》の天《てん》井《じょう》の廊下《ろうか》が――いったいどこに？　いいえ、そんなことは考えなくてもよかったのです。ふたりが通されたのは、玄関ホールの左手の部屋なのですから。リビングにどうぞと、メイドはいいました。リビングだって？　ジョーは、胸のなかでつぶやきました。こんなすごい部屋も、リビングっていうの？

「どうぞ、おかけくださいませ。いらしたことを、奥さまにお伝《つた》えしてまいりますから」

奥さんは、花もようのシルクのドレスに、カシミアのカーディガンを肩《かた》にはおってあらわれました。にっこりと笑《わら》った奥さんは、首をちょっとうしろにそらし、目をうすく閉《と》じかげんにして、マイラおばさんの手をなんとも心のこもったようなしぐさでとりました。

「まあまあ、カジミールさん！　ようこそおいでくださいました。それに、ジョウゼフさんも」

奥さんのあとからボルダーウォール氏《し》もあらわれました。さっとジョーに目を向けましたが、すぐにマイラおばさんの手をとって、あくしゅします。さっきとはちがうメイドが、重い銀のおぼんに、ぴかぴか光る銀のお茶道具をのせて入ってきました。

大きなティーポットに、お湯を入れた小さなポット。トングをそえた、ふたつきの砂《さ》糖《とう》つぼ。クリーム入れ。銀のスプーン。磁器《じき》のカップと受け皿は、これ以上ないくらいうすくて、いまにもこわれそうです。小さなナプキンには「B《ビー》」というボルダーウォール家のイニシャルが一字だけ刺繡《ししゅう》してあります。そしてお菓子皿《かしざら》には、バターウェファースや、マカロンや、うすく切ったチョコレートケーキがのっていました。

なにもかも、ジョーが想像《そうぞう》していたとおりでした。外とおなじに、お屋敷《やしき》のなかも、なんてすばらしいのでしょう。ただ、外とはちがって、なんだかすみずみまで緊張《きんちょう》しているような感じでした。ぴーんと神経《しんけい》が張《は》りつめているというのでしょうか。なにもかも調和がとれ、なにもかもぴったりとおさまり、なにもかも、これでもかというくらい、最上《さいじょう》のものが選《えら》ばれています。お屋敷に似《に》つかわしくない人間は、外の落ち葉のように、たちまち掃《は》いて捨《す》てられそうです。こういうお屋敷は、住む人に、それこそあれやこれや注文をつけるにちがいありません。ぼくは、好《す》きじゃないなと、ジョーは思いました。ちっともいいとは思わないよ。

マイラおばさんをちらっと見ると、小さな椅子《いす》のへりにすわって、ぴんと背《せ》すじをのばしています。指は、二度とほどけないのではと思うくらい、かたく組みあわせています。やっぱりねえ。こわいといっていただけのことはあります。それでも、おばさんは、せいいっぱい礼儀《れいぎ》正しく、お天気の話をしたり、きかれたことに答えたりしながら、くつろいでいるふうに見せようとしていました。

奥《おく》さんがお茶をついでいるあいだに、メイドがナプキンとお菓子皿をジョーのところに持ってきて、すすめてくれました。ジョーは、チョコレートケーキをとりました。すぐに食べてもいいのかどうかまよっていると、ボルダーウォールさんがジョーを手まねきしました。

「さあ、きみ。それを持って書斎《しょさい》に来ないか。ご婦人《ふじん》たちがおしゃべりしているあいだに、ふたりだけで書斎で話をするとしよう」

書斎は、リビングのすぐ奥にありました。ボルダーウォールさんがドアを閉《し》めると、書斎のなかはジョーとふたりだけになりました。大きなデスクと、椅子《いす》が二脚《きゃく》ありましたが、そのほかは本と、書類《しょるい》と、ファイルでいっぱいでした。デスクや棚《たな》の上も、なんと床《ゆか》の上まで。

うれしいことに、散《ち》らかりほうだいの部屋です。リビングみたいに、ぴーんとはりつめた感じはしません。たぶんボルダーウォールさんは、書斎《しょさい》だけはメイドにそうじをさせないのでしょう。奥《おく》さんにも、入るなといってあるのかもしれません。ジョーは、チョコレートケーキをひと口かじりました。この部屋なら、気楽にしてもいいような気がします。

ボルダーウォールさんは、ジョーに椅子《いす》をすすめてから、自分はデスクのうしろにすわりました。しばらくジョーをながめていてから、こんなことをきいてきます。

「さて……ジョー、だったよな？　よろしい。きみは、母親も父親もおぼえていない、そうだね？」

「はい」

知らないうちに、あのいらいらがこみあげてきて、さっきまでのゆったりした気持ちをおしのけました。

「それで、きみは、両親がポーランドとつながりがあるということも知らなかったと」

「うちのおばあちゃん、そういうことはぜったい話さないんです」

「おばあちゃん自身は、ポーランド人じゃないのかね？」

「わかりません」

ジョーは、チョコレートケーキをもうひと口かじって、ひとりごとのように答えました。

「いまいったみたいに、おばあちゃんはそういうこと話さないから」

「うーむ」

と、ボルダーウォールさんはうなりました。

「まあ、おばあちゃんの結婚《けっこん》前の苗字《みょうじ》は、調べればわかるだろう。それは、たいして大事なことじゃない。大事なのは、このわたしもポーランド出身ってことなんだ。だから、わたしときみには、つながりがあるってことだよ。大切な、つながりがね。ただ、きみとちがって、わたしはポーランドで生まれたんだ。人生のほとんどをアメリカですごしたが、そうはいっても自分が生まれた国っていうのは、特別《とくべつ》なものだ。ほとんどおぼえていなくってもね」

ボルダーウォールさんは、ちょっと言葉を切ってから、また話しはじめました。

「きみは、その人と暮《く》らしてるんだね、おばあちゃんと。そうだろ？　ずっといっしょだったのかね？　で、どこに住んでるんだ？　きみの家は、どこにあるんだね？」

ジョーは、チョコレートケーキをかんで、ごっくり飲みこんでから、答えました。

「エリー湖の近く。ウィロウィックです」

「どこにあるか、知ってるよ。クリーブランドの東にある町だろう？　それで、おばあちゃんはいまその家で、きみの帰りを待ってるんだね？」

「それが、あのう……おばあちゃん、いま病院にいるんです。屋根裏《やねうら》部屋の階段《かいだん》から落ちて、腰《こし》の骨《ほね》を折《お》って」

「そりゃあ、たいへんじゃないか！　こまったことになったね！　お気《き》の毒《どく》に。じゃあ、きみはひとりでミドヴィルに来たんだね」

ボルダーウォールさんは立ちあがって窓辺《まどべ》に寄《よ》ると、外を見ています。雨は、本ぶりになってきました。

「きみは、おばあちゃんとなかよくやってるのかね？　おばあちゃんは、やさしくしてくれるかい？」

「ええっ？　もちろん！　それって、どういう意味ですか？」

ボルダーウォールさんは、ふりむきました。

「別《べつ》に理由があってきいたわけじゃない」

それからまた、ジョーをじっと見つめます。

「きみ、学校のほうはどうなんだね？　成績《せいせき》は、いいのかい？」

「学校？」

ジョーは、びっくりして大きな声でききかえしました。

「なんでぼくの成績のことを知りたいんですか？」

そんなこと、あなたには関係《かんけい》ないのにといいたかったのですが、ぐっとがまんしました。

ボルダーウォールさんは、ちょっと首をかしげました。

「きまってるじゃないか！　きみがどんな子か、知りたいからさ。ほかに理由があるかね？」

目の前のおじいさんは、とても落ち着いていて、たいへんな力を持っています。なにごとも、自分の思いどおりにしていて、それが当たり前になっているのでしょう。でも、そのときジョーは、ローバーとシナモンロールのことを思い出しました。ジョーは、自分にいいきかせました。いいか、ジョー。このお金持ちのおじいさんに、あれこれ気を使わなくてもいいんだよ。もちろん礼儀《れいぎ》正しくしなくちゃいけない。でも、ローバーみたいにあまえてもたれかかったり、ものほしそうにしなくてもいいんだ。だいたい、ぼくがなにをほしがってるというんだろう？

「成績《せいせき》は、ふつうよりちょっといいかも。ほとんどA《エー》とB《ビー》ですから」

「よろしい。それを聞いて、ほっとしたよ。で、きみは大人《おとな》になったら、なにになりたいんだね？　大学を出たらどうする？　どうやって人生を送ろうと思ってるのかね？」

でも、そのことを、ボルダーウォールさんに打ち明ける気がしません。ぽりぽりひじをかいてから、遠くに目をやったまま、ジョーは答えました。

「まだ、わかりません」

「まあいい。気にするな。それについては、これからゆっくり話すとしよう。話をする機会《きかい》は、たっぷりあるからな、ジョー・カジミール。わたしときみは、これから友だちだ。だって、きみには父親がいないから、父子でいろんなことができなかったし、わたしのほうも息子《むすこ》がひとりもいない。だから、おたがいに欠《か》けたところをおぎなうことができる。そう思わんかね？」

「わかりました」

とだけ、ジョーは答えました。

「よろしい」

ボルダーウォールさんは両手をこすりあわせて、にっこりと笑《わら》いました。

「まったくなあ！　こうなったのも、あの大きな犬のおかげだ。きのう、あの犬が朝食のテーブルにきみを連《つ》れてきてくれてよかったよ。犬がいるのといないのとで、人生はまったく変《か》わってくるな。だが、ここ何年も、わたしは犬を飼《か》っていないんだよ。きみは、飼ってるのかね？　ウィロウウィックでは、どうなんだ？」

「前には、飼ってました。でも、ほんとはおばあちゃんの犬だったんです。年寄《としよ》りのブルドッグで、ビッグマイクって名前でした。でも、ちょっとおなかが弱くて、いっつも食べたものをもどしてたから、ビッグマイクが死んでからは飼《か》っていないんです」

ボルダーウォールさんは笑《わら》い声《ごえ》をあげて、ジョーを満足《まんぞく》そうにながめました。

「たぶん、それでよかったと思うよ。さあて！　ご婦人《ふじん》がたのところにもどろうか。クッキーをぜんぶ食べられてしまってないといいが」

★

まもなく、お茶の会は終わりになりました。おぎょうぎよくお礼をいい、おぎょうぎよく別《わか》れのあいさつを告《つ》げ、頭をぴょこぴょこ下げます。玄関《げんかん》の鏡《かがみ》は、ふたりが帰っていくのを満足そうにながめていました。こうしてジョーとマイラおばさんは、雨のなかをお屋敷《やしき》からにげだしたのです。

「ふーっ！」

マイラおばさんは、小さな、黒い車で大通りに出てから、ため息をつきました。

「ああ、くたびれた！　あなたが書斎《しょさい》でどうだったのかは知らないけど、わたしのほうはもう緊張《きんちょう》のしっぱなしよ。ボルダーウォールさんとは、どういう話をしたの？」

「ぼくが、学校でいい成績《せいせき》をとってるのかどうかきかれたよ。それから、大学を出たらなにをしたいのかって。それから、ぼくの苗字《みょうじ》がカジミールなら、ポーランド人にちがいないって。ボルダーウォールさんも、ポーランドからアメリカに来たんだってさ。ぼくと友だちになろうともいってた」

「友だちですって？」

マイラおばさんは、目を丸くしました。

「あなたがポーランド人だから？　たしかに、先祖《せんぞ》はポーランド人だけど、そういう人はアメリカにおおぜいいるのにね。まあ、いいわ。時が来れば、ボルダーウォールさんが話してくれるでしょうから。でも、ふしぎな話よね。そう思わない？　お茶にまねかれたのも、あなたとボルダーウォールさんが会うためだったみたいよね。奥《おく》さんは、失礼なことはなにひとつしなかったけれど、わたしと友だちになりたいなんて、ひとこともいわなかったわ。それはそれでいいけど――わたしも、なにかしてもらいたいと思っていたわけじゃないし――これって、奥さんにとっては、ただのひまつぶしだったんじゃないかしら。それはそれとして……ああ、ジョー！　あの家ときたら！　なんてすてきな家なの！」

もう、マイラおばさんの車はグレン通りに入っていました。家の前に車を寄《よ》せながら、おばさんはまたいいました。

「丘《おか》の上通りって、まったくの別世界《べっせかい》だと思わない？　あのお屋敷《やしき》ときたらもう――わたし、一生わすれられないわ！」

「ぼくは、おばさんの家のほうが好《す》きだな」

車をおり、ネクタイをはずすと、ジョーは、雨にぬれながらネクタイをポケットにおしこみました。でもそのとき、ネクタイに散《ち》らばっている、小さな星たちのことを思い出しました。ポケットからとりだして、今度はていねいに二つにたたみます。それから家に入り、自分の部屋に行ってネクタイをクローゼットのフックにかけました。

7

つぎの朝——月曜日の朝でしたが、ジョーとマイラおばさんはシリアルとオレンジジュースの朝ごはんをすませたところでした。ふたりとも、まだあくびをしていたとき、裏口《うらぐち》のドアをいきおいよくノックする音がしたかと思うと、ヴィニーさんが新聞をふりかざしながらはいってきました。

「ちょっとマイラ！　きみは教師《きょうし》だよね。学校で教えなきゃいけないことが新聞に出てるよ！　ほら！」

ヴィニーさんは『ミドヴィル・タイムズ』を開いて、なかの記事を指さします。

「だれにも、どうしようもない事故《じこ》のことが書いてあるんだ。去年のクリスマスに、イギリスのバーウェルで――これってどこか知らないけどさ、なんと、でっかい石が、すご一くでっかい石だぞ、それが、とつぜん空から落ちてきて、家が二軒《けん》つぶれちゃったんだって！　それに車も一台！　あっ！　朝ごはんだな！　コーヒーできてる？」

それから、ヴィニーさんはジョーのほうにふりむきました。

「やあ、元気にやってるかい？」

テーブルから椅子《いす》を引きだしてすわると、ヴィニーさんは新聞を床《ゆか》にほうりなげました。

マイラおばさんは、食器棚《しょっきだな》からマグカップを出してコーヒーをつぎ、ヴィニーさんの前におきます。

「あらら、ごめんなさいねえ！　わたし、朝ごはんに招待《しょうたい》してたかしら。すっかりわすれてたわ」

「いじわるするなよ、マイラ」

ヴィニーさんは、湯気《ゆげ》のたつコーヒーに砂糖《さとう》を入れながら、あわれっぽくいいました。

「そんなに冷たくするなよ！　こんなにすごい話を持ってきてあげたんだからさ！　いいかい！　この記事を読んだとたんに、もう何年もわすれてたことを思い出したんだ。おれのじいちゃんのこと、話したことないだろ？　おやじのおやじってことだ。じいちゃんは、ここから北東にいったところで生まれたんだ。南北戦争《せんそう》の前だよ。えらく大昔だよな。ニューコンコードって町の近くだ。もちろん、おれが生まれたときには、かなりの年寄《としよ》りだったが、よく訪《たず》ねていったものさ。じいちゃんとおれは、けっこうなかよしだったんだよ。まったく、たいしたじいちゃんだったなあ。生まれてから死ぬまで、じいちゃんは、ずっとおなじ農場で暮《く》らしてた。それでな、よおく聞けよ！　おれが小さかったそのころ、よく話してくれたんだが、じいちゃんがまだ子どもだったとき、そのなんとかいう石、新聞に出てるその石が、とつぜんまっすぐに落ちてきて、なんとじいちゃんのかわいがっていた馬にぶつかったんだってさ！　耳と耳のあいだにぶつかって、ころっと死んじまったんだって。じいちゃんの目の前で！」

ジョニーは、あんぐりと口を開いて身を乗りだし、マイラおばさんは声をあげました。

「まあ、ヴィニー、なんてこと！　こわい話ねえ！」

「そのとおりだって！　ふるえあがって、パンツが脱《ぬ》げちゃうだろ！」

ヴィニーさんは、椅子《いす》に深くすわりなおすと、なにか考えているような顔でコーヒーをすすりました。

「じいちゃんも、かわいそうにな！　その馬を、とってもかわいがってたんだよ！　一生、その馬に起こったできごとをわすれられなかったみたいだ。けど、その石は、ひとりでに落ちてきて、馬の命をうばっちゃったんだよ。なんの前ぶれもなく、落ちてくる気配もなく。とつぜんドッカーン！　こんなふうにな」

ヴィニーさんが、こぶしでテーブルをいきおいよくたたいたので、シリアルのスプーンがお皿から飛《と》びあがりました。

ジョーは、もうだまっていられなくなりました。

「それって、隕石《いんせき》だよね。そういうこと、どこでも起きるんだって。ときどき空から落ちてきて、いろんなものをこわすんだってさ」

「そうそう。新聞にも、まさにそう書いてあったな。なんて名前だっけ？」

「隕石。地球に落ちてくる石のこと」

「そうか、わかった。けど、そいつの正体は、いったいなにものなんだい？　空にあるなんかが欠《か》けて落ちてくる、しょうもない、でっかい石のことか？」

「石にはちがいないんだけど、どこから来たのか、はっきりとはわからないんだ。ただ、前には大気圏外《けんがい》の宇宙《うちゅう》空間から落ちてくるっていわれてたんだけど、どうもそうじゃないみたい。なんていうか――もっと近いところからくるんだって」

ふいにジョーは、もう隕石の話をしたくなくなって、ヴィニーさんから目をそらせました。けれども、ヴィニーさんのほうは、なるほどというようにうなずいています。

「いやあ、このうちにはかしこい子がいるんだなあ、マイラ」

それから、ジョーにききました。

「そういうこと、いったいどこで教わったんだい？　学校か？」

「それは」

ジョーはうつむいて、シリアルのお皿を見つめました。

「ちがう……っていうか、どこかで読んだんじゃないかな。図書館の本かなにかで」

ヴィニーさんは、残《のこ》ったコーヒーを飲みほすと、立ちあがりました。

「そういうことは、もっと学校で教えなきゃいかんな。大事なことだもの。もしも馬じゃなくって、じいちゃん本人にぶつかってたら、おれはたぶん、ここにいることもなかっただろうよ。だって、空の石ってやつは、音もせずに、ふいに落ちてくるんだぞ。うまくにげるなんてこと、できっこないもんな！　さてと、コーヒーごちそうさま、マイラ。仕事に行かなきゃ」

そういって、ヴィニーさんは裏口《うらぐち》から出ていきました。床《ゆか》にほうりなげた『ミドヴィル・タイムズ』を、わすれていっています。ジョーは、新聞を拾いあげました。

「これ、ぼくが持っててもいい？　なんだかおもしろそうだから……っていうか、ヴィニーさんの話が」

「もちろんよ」

と、マイラおばさんは、いってくれました。

「隕石《いんせき》ねえ。すごいものなんだわね。だけど、おじいさんの馬は、かわいそう」

★

グレン通りにあるマイラおばさんの家のキッチンで、こんな話をしていた時から、一時間ほどあとのことです。丘《おか》の上通りにあるボルダーウォールさんのお屋敷《やしき》では、夫婦《ふうふ》が別《べつ》のことを話していました。ふたりは寝室《しんしつ》で着がえをしているところでした。

「アンソン、まさか本気でおっしゃってるんじゃないですよね！」

奥《おく》さんの顔は青ざめて、こわばっていました。

「そんなことは、ぜったいにできませんわ！　アイビーが、なんていうと思って？　お友だちだって、みなさん、なんておっしゃるかしら？　あなた、ちょっとおかしくなっているんじゃありませんか。あんな、そこらにいるような男の子を養子《ようし》にするんですって？　養子にしたうえに、こともあろうに、あたくしたちの財産《ざいさん》を継《つ》がせるっていうんですの？　それに、あたくしたちの苗字《みょうじ》まで」

「ちょっと落ち着きなさい、ルセッタ」

そういうボルダーウォールさん自身は、いつものように落ち着きはらっていました。

「わたしは誕生日《たんじょうび》をむかえたばかりだ。そうだよな？　七十一歳《さい》になった。年寄《としよ》りになったんだ。おまえも、おなじだよ。あと二、三年したら、会社のわたしの地位《ちい》を、だれかにゆずらなければならん。だが、だれにでもいいからゆずるというわけにはいかないんだ。わたしの心は、今朝《けさ》、目がさめたときに、もうきまっていたんだよ。わたしは、あの男の子がほしい。わたしたちといっしょに暮《く》らしてもらい、まだ若《わか》いうちにきたえたい。たしかに、それには時間がかかるだろう。だが、あの子は、とてもかしこいぞ。それは、だれが見てもわかる。ゆっくりと育てれば、大学を出るころには、ものごとの正しいやり方がわかるようになっているだろう。いいかね、ルセッタ。なんとも、かんぺきな計画じゃないか。あの子がわたしの仕事を継《つ》げるようになったら、わたしは喜んでしりぞく。事実上の引退《いんたい》だ。それに、あの子にはやっかいな親せきもいない。わたしの計画に口を出す、金に飢《う》えたれんじゅうがいないってことだ。祖母《そぼ》と、おばさんかいとこかわからんが、ミドヴィルに住んでいるあの女性《じょせい》だけだ。なあに、こまったことになんかなりゃしないさ！　それになあ、ルセッタ。あの子は、ポーランド人の血を引いているんだよ。そんなことをいうのは、ちょっと感傷的《かんしょうてき》すぎるかもしれんが、少しばかり感傷的になったって悪いことはあるまい。わたしは、じつにいい気持ちなんだよ。理にかなっているという気がしている。まるで、あの子が本当の孫《まご》みたいに思えるんだ」

奥《おく》さんは、ベッドわきにある金襴《きんらん》の布《ぬの》で張《は》った椅子《いす》に、くたくたと腰《こし》をおろし、まじまじと夫《おっと》を見つめました。

「それじゃあ、アイビーのお金をとりあげて、まったくの他人にあげて知らん顔をするっていうんですか？」

「おいおい、ルセッタ」

ボルダーウォールさんは、かんしゃくをおさえていいました。

「わたしの話を、まったく聞いていなかったんだな。わたしは、アイビーの金には指一本ふれる気はない。もっと別《べつ》の計画を考えているんだよ。もちろん、そのことについては、弁護士《べんごし》と相談しなければならん。なにもかもさらけだして、すっかり話をするつもりだ。だが、スワーヴィットはわたしの会社だ。そのわたしが、自分でつぎの社長を選《えら》ぶといっているんだよ。もう、あの子を選ぶとはっきり心をきめているし、書類《しょるい》も作るつもりだ。そのときが来るまで、あの子はわたしについてきて、なにもかもわたしの思うとおりにやってくれるだろう。そう、わたしはジョー・カジミールに会社を継《つ》いでもらおうときめている。法的《ほうてき》にも養子《ようし》として家族の一員にすれば、なおさら好都合《こうつごう》だ。もっと正当な継承者《けいしょうしゃ》になるからな。ジョウゼフ・カジミール・ボルダーウォール。いいひびきじゃないかね！　そして、わたしのかわりに社長になったら、相応《そうおう》の株《かぶ》と、じゅうぶんな給料《きゅうりょう》を与《あた》える。そうなったあかつきには、たちまち、ひとかどの人物といわれるようになるだろうよ」

奥《おく》さんは、苦いものを吐《は》きだすような口ぶりでいいました。

「ひとかどの人物ですって？　いったいどこが？　どんなふうに？　あなたがたいそうお気に入りのあの男の子も、いっしょに暮《く》らしてるっていう、あんまりかしこくなさそうな女の人も、あたくしたちみたいな人間とどうおつきあいしたらいいか、まったくわかっていないんじゃなくって？」

「ちょっと待ちなさい」

ボルダーウォールさんは、奥さんをたしなめました。

「考えてごらん。わたしたちが会社を興《おこ》したときだって、どうやってまわりのれんじゅうとつきあっていくか、まったくわからなかったじゃないか。どうしたら、こういう暮らしにふさわしい人間になるか、少しずつ学んでいったんだよ。だから、ジョーにだって、それができないはずはない」

「まさか、できるもんですか」

奥さんは、鼻で笑《わら》いました。

「教えてくれる人が、だれもいないんですもの」

「おまえが教えてやればいい」

「あたくしが？　ごじょうだんでしょ。あたくしは、いやですわよ。ぜったいに。さあ、会社にいらしたら、アンソン。一日しっかり働《はたら》いたら、頭のほうもしゃんとしてくるんじゃなくって？」

★

こうして、丘《おか》の上通りは、いささかおだやかな空気ではなくなっていましたが、グレン通りの月曜日はたいそうおだやかにすぎていきました。

ジョーとマイラおばさんは、お昼すぎにおばあちゃんと電話で話しました。ありがたいことに病院の治療《ちりょう》は終わり、いまは、リハビリセンターに入っているといいます。いっしょうけんめいに訓練《くんれん》をしているし、けっこう上手にやっている、歩行補助器《ほじょき》とかいうものの使い方も習っているし、杖《つえ》を二本使う練習もしているとか。

電話のあとで、家のまわりをぶらぶらしていたジョーは、車庫でハンモックを見つけました。マイラおばさんに手伝《てつだ》ってもらって、家の裏《うら》にある二本の木のあいだに下げると、本を読むのにぴったりの場所ができました。とくに、読みたい本を読むのに、こんなにいい場所はありません。その本は、ジョーがリビングの本棚《ほんだな》で見つけたのです。真四角の表紙に『空、その歴史《れきし》と物語』という、わくわくするような題名が書いてあります。図表や、グラフや、写真でいっぱいの本で、読むというより、見る歴史と物語のようです。でも、だいじょうぶ。いいえ、だいじょうぶどころか、そのほうがおもしろい……。

ジョーは、ハンモックに横になって、かたほうの足を外にたらしました。こうすれば、つまさきが地面にふれて、ハンモックをゆすることができます。ほんの少し、ねむたくなるくらいゆっくりと前後にゆすりながら、一ページずつ見ていきます。そのうちに、ひとりでに本が指のあいだからすべって、胸《むね》の上に落ちました。ジョーは、ハンモックにゆられながら、気持ちのいい夢《ゆめ》のなかに入っていきました。ハンモックが、ジョーを乗せたまま、ふわふわとうきあがり、木のてっぺんをこえて、高く、高く、星のなかへ連《つ》れていきます。どの星も、本当に五本角《づの》の☆型《ほし》をしていて、星座《せいざ》の形そのままに、きちんとならんでいます……。

と、だれかの手が髪《かみ》をなでました。それから、マイラおばさんの声がしました。

「ジョー！　起きなさい、ジョー。お夕飯《ゆうはん》ができたわよ！　ホットドッグと、ポテトサラダと、そのほかいろいろ！　チョコレートミルクもあるわよ。もしほしかったらね」

もちろんほしいにきまってるよ！「そのほかいろいろ」も。目がさめたら、こんなごちそうが待ってるなんて……。ふたりは、ゆっくりと食事をして、ちょうど夕ばえが木立《こだち》のなかに消えていくころには、とても重大な問題について話しあっていました。デザートはなににしようかという問題です。そのとき、電話が鳴りました。マイラおばさんが電話に出て、ふたこと、みことしゃべってから、こういいました。

「きいてみてから、すぐにお返事《へんじ》しますね」

受話器《じゅわき》をおいたおばさんは、ジョーのほうをふりかえりました。

「おむかいのアマンダさんからよ。ビアトリスのお母さん。おぼえてるでしょ？　ローバーが、また庭からにげだしたんですって。たぶん、公園の向こうのプードルのところに行ったんじゃないかしらっていってるわ。そこに行くのが好《す》きなんだそうよ。遠いところじゃないから、いつもだったらビアトリスのお父さんが連《つ》れもどしにいくんですって。でも、今日はヴィニーといっしょに、商店街《しょうてんがい》に出かけてるみたい。レストランで、なにかの電気器具が故障《こしょう》したらしいの。アマンダさんは、おちびさんのイヴァンジェリンとドロシーが、あちこち蚊《か》にさされて、ぐあいが悪いから、ふたりに留守番《るすばん》させて出かけるわけにはいかないんですって。だけど、だれかがローバーを連れもどしてこなきゃいけないでしょ。飼《か》い主《ぬし》がついていないで犬を公園に入れると、法律違反《ほうりついはん》になるから。で、ビアトリスが行くしかないってわけ。でも、アマンダさんは、暗くなってからひとりで行かせるわけにはいかないっていうの。それで、本当に悪いけれど、もしジョーがいっしょに行ってくれたらっていってるんだけど。どうかしら？」

「わかった。オッケー」

と、ジョーは返事をしました。オッケーかって？　そう、もちろんオッケーにきまってます！

★

「ほんとに、ありがとう。いっしょに来てくれるなんて」

ビアトリスは、ローバーのリードを手に巻《ま》きつけながらいいました。ふたりは、グレン通りを公園に向かって歩いているところでした。

「ママは、あたしたちが、ひとりでなにかしようとすると、いっつも心配ばかりするの。だけどローバーは、しょっちゅうすきをねらって公園に行っちゃうから、そのたびにだれかが連《つ》れもどさなきゃいけなくなるのよ。公園の向こうのプードルに夢中《むちゅう》になってるから、こっそりにげだして会いにいくってわけ」

「プードルのほうも、ローバーに会いにくるの？　つまり、二ひきは、そのう……友だちどうしなの？」

「それはないね。プードルの家の庭には、フェンスがあるんだもの。すっごく高い、金網《かなあみ》のやつ。その家の人たち――マッカーサーさんと奥《おく》さんだけど、ぜったいプードルを外に出してローバーと遊ばせたりしないの。ローバーみたいな雑種犬《ざっしゅけん》とはね。チューリップと遊ばせてもらうには、ちゃんとした血統書《けっとうしょ》がついてなきゃだめ。そういう名前なの。チューリップだってさ。マッカーサーさんたちは、ローバーがうろうろしているのを見ると、いっつも電話をかけてくるの。すぐにいらして、おたくの『お動物』を連れてってくださいませんか、とかいってってね。『お動物』なんて、丘《おか》の上通りに住んでる人みたいだよね」

「そういえば、ボルダーウォールさんも、ローバーのことを動物っていってたな。でも、『お動物』なんていってなかったかも……」

「うん。あの人は、そんなに気どってなかったもんね。ローバーは、ほんとに動物だもの。チューリップだってそうよ。そんなことといえば、あたしたちだって動物だよね。そうだ、きのうボルダーウォールさんのお屋敷《やしき》に行ったんだよね？　どんなだった？」

「えっと、まあね。だいじょうぶだったよ。お屋敷のなかに入ったんだけど、けっこうすごくってさ。きれいで高そうな物がいっぱいあって。だけど、ああいうお屋敷に住んだら、五分おきにソックスをとりかえて、手袋《てぶくろ》をして暮《く》らさなきゃって思っちゃうかも。あんなうちにいたら、頭が変《へん》になっちゃいそうだよ。でも、ぼくは、ずっとボルダーウォールさんと話をしてたんだよ。書斎《しょさい》とかいう、別《べつ》の部屋でね。ボルダーウォールさんに、いろんなことときかれちゃった」

「たとえば、どんなこと？」

ジョーは、ちょっとためらいました。でも、いつのまにか心のなかの、閉《と》じてあったドアが開いているのに気がつきました。ビアトリスにだけは、話したい、もう話してもいいころかも……。だから、思いきっていいました。

「大学を出たら、なにをしたいかってきかれたんだ」

と、そこからはじめました。

「大人《おとな》になったら、なんになりたいかって」

「それって、けっこうむずかしい質問《しつもん》だよね」

ビアトリスは、眉《まゆ》をひそめました。

「あたし、そんなことときかれても、答えられないよ。だって、答えがいっぱいありすぎるじゃない！　で、なんて答えたの？　なにになりたいか、わかってるの？」

ふたりは、公園の向こうはしに着いていました。そのあたりは、木がまばらになっていて、道路に近いところに緑のペンキでぬったベンチがおいてあります。もう日が暮《く》れかけているので、すわっている人はだれもいません。

ジョーは、ベンチのはしにすわって、空を見あげました。屋根のずっと上、街灯《がいとう》の明かりにじゃまされていますが、雲の向こうがほんのり光っているのが見えます。雲のかげにひっそりとかくれている月が、これから舞台《ぶたい》に登場しようとしているのです。「早く出ておいで」と手まねきしたいのを、ジョーはがまんしました。そのかわりに、深く息をすいこんでから、ビアトリスにいいました。

「ぼくは、なりたいものがわかってるんだ。小さいときから、わかっていたんだと思う。ぼくは、科学者になりたいんだよ。それで、なにか悪いことが起こって月の形が変《か》わってしまわないようにしたい。そのためには、どうしたらいいか、見つけたい。いっつもいまとおなじ月でいてほしい。それと、ぜったいに消えてなくならないようにしたいんだ」

ビアトリスは、ジョーの横にこしかけ、両手を組んであごをのせました。

「ふうん！　すてきだね！」

「でも、ボルダーウォールさんにはいわなかったよ」

それから、ゴクリとつばを飲みこみました。

「いままで、だれにもいわなかったんだ」

「もちろんいわなくってもいいのよ！」

ビアトリスは大きな声でいいました。

「それって、ほかの人は知らなくてもいいことだもの。少なくとも、いまはね。でも、あたしには教えてくれたんだね。ありがとう」

それから、こうききました。

「ねえ、ジョー。なにが起こると思ってるの？　お月さまに、ってことよ」

ジョーは、両手をポケットに入れたまま、ベンチに寄《よ》りかかりました。ああ、すっごくいい気持ち！　ぜーんぶ話せちゃったよ！

「空の上では、最初《さいしょ》っからたいへんなことが起こってるんだ」

ジョーは、ビアトリスに説明《せつめい》しました。

「そういうこと、本にどっさり書いてあるんだよ。月って、本当に年をとってるんだよね。いまは四十五億歳《おくさい》くらいかな。たぶん、もう知ってると思うけど。おまけに小惑星《しょうわくせい》や彗星《すいせい》が、しょっちゅう月にぶつかってる。そのせいで、クレーターっていうくぼんだところが、あちこちにできてるんだ。でもね、ぼくは、月がなくなっちゃうなんてことは、ありえないと思ってる。だって、どこにも行くところがないじゃないか。それでも、やっぱり守ってあげたほうがいい。いろんなものがぶつからずに、よけていってくれるようにしてあげたい。みんな、地球については、どうやって守るか話してるけど、ぼくは、月もおんなじようにしてあげなきゃって思ってる。で、そういう研究をしたいんだよ。どうやって、月を守れるか見つけたいんだ」

話しているうちに、雲がほぐれて、とうとう月がすがたをあらわしました。毎月くりかえすように、ゆっくりと欠《か》けはじめてはいましたが、それでもとても大きく、低《ひく》く、夜空にかかっています。ところどころにある、形のはっきりしない影《かげ》は、あわいグレーの絵の具をたっぷりつけたやわらかい絵筆で、表面をむぞうさにしゅっしゅっとはらったように見えます。

「あの暗く見えるところは、なんなの？」

と、ビアトリスがききました。

「あのうちのいくつかは、山なんだよ。でも、たいていは隕石《いんせき》やなんかが月にぶつかって、えぐれちゃったんだ。衝突火口《しょうとつかこう》とか隕石孔《いんせきこう》とか呼《よ》ばれてる。すごい名前じゃない？　衝突火口《しょうとつかこう》なんてさ！　で、ぼくが研究したいのって、そういうこと。今から十年か十五年たったらだけど。ねえ、どうしてボルダーウォールさんは、そんなこと知りたいのかな。でも、マイラおばさんはいうんだ。もし、なんかの計画があってきいたのだったら、そのときが来たら教えてくれるんじゃないかって」

「ボルダーウォールさんは、ジョーのことを気に入ってるのよ。あたし、いったでしょ？　あの日、ずーっとジョーのことばかり見てたって」

ちょっと言葉を切ってから、ビアトリスはつづけました。

「あたしも、将来《しょうらい》なにをしたいかきめなくっちゃね。でもね、もうちょっと先でもいいかな。まず、いまやるべきことをやらなきゃ。さ、ローバーを連《つ》れもどしにいこう」

ビアトリスは立ちあがって、道路の向こうを指さしました。

「そのチューリップっていうプードル、あそこに住んでるの。あの大きな、黄色い家よ」

するとふいに、大きな、黄色い家の裏《うら》からローバーが飛《と》びだしてきました。にーっと顔じゅうで笑《わら》って、しっぽをふりながら、通りをはねて横切ってきます。

動物文学の名手!

ジル・ルイス三部作

『紅《くれない》のトキの空』

Scarlet Ibis

母さんと弟と三人で静かに暮らしたい……
なのに、スカーレットの家族はばらばらに
なってしまいます。
紅のトキが舞う情景を見たいという
スカーレットと弟の夢はかなうのでしょうか。
重い問題にふみこみながら、
希望のラストへとつづく
感動の物語です。

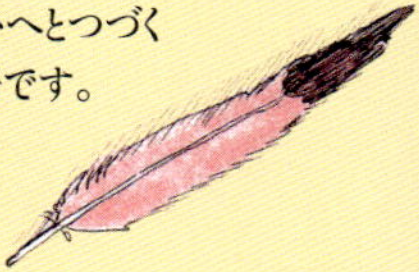

ジル・ルイスの本▶定価　各本体1600円＋税　さくまゆみこ訳

第26回
厚生労働省
社会保障審議会推薦
児童福祉文化財
特別推薦

『ミサゴのくる谷』

Sky Hawk

一羽の鳥をとおして、
さまざまな人々の思いが結びつく!

『白いイルカの浜辺』

White Dolphi

この子を助けたい!
少女の願いは届くのか。

第62回
青少年読書
全国コンク
課題図

とともせ！　おすすめYA本

ーズ図書賞ほか

『スマート
―キーラン・ウッズの
事件簿―』

ホームレスの老人が
川に浮いていた。
警察は事故だというが、
キーラン少年は
事件だと信じ、
独自に捜査を開始。
出色のデビュー作。

キム・スレイター 作
武富博子 訳
定価：本体1400円＋税

『スモーキー山脈からの手紙』

古ぼけたホテルに集まった四家族。
思いもしなかったつながりが生まれる物語。

バーバラ・オコーナー 作　こだまともこ 訳
定価：本体1500円＋税

、ぼくの友だち』

の夢は、天文学者に
、突然、億万長者
つぎに、と望まれたら？

・バビット 作
もこ 訳
体1400円＋税

『大好き！ クサイさん』

路上生活者のクサイさん
が気になるクロエ。
二人の友情のゆくえは？

デイヴィッド・ウォリアムズ 作
久山太市 訳
定価：本体1200円＋税

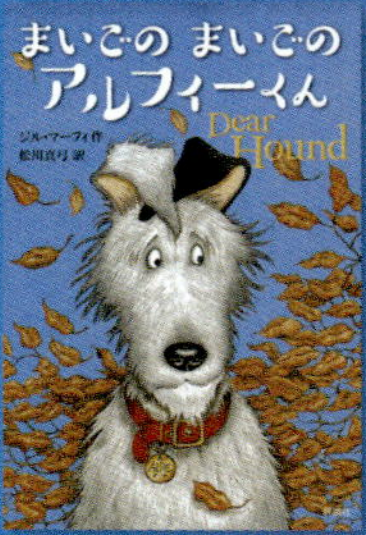

『まいごのまいごの
アルフィーくん』

体ばかりでっかい子犬が
まいごになっちゃった?!
かわいいイラスト満載。

ジル・マーフィ 作　松川真弓 訳
定価：本体1200円＋税

「ぼくたちがむかえにくるの、わかってたみたいだね」

と、ジョーはいいました。

「かもね。それか、チューリップにいわれたんじゃないの。おぎょうぎよくしなさいな、おうちに帰らなきゃだめよって」

★

丘《おか》の上通りでは、ボルダーウォールさんと奥《おく》さんがベッドに入るところでした。夕方から、ふたりはあまり話をしていませんでしたが、ボルダーウォールさんは髪《かみ》にブラシをかけている奥さんに話しかけました。

「ルセッタ、話さなきゃならんことがある。今日、会社から養子縁組《ようしえんぐみ》を専門《せんもん》にしている弁護士《べんごし》に電話をかけたんだ。事務所《じむしょ》はコロンバス（オハイオ州の州都）にあるんだが、あした相談に行くって約束《やくそく》したよ」

奥さんはブラシをおくと、鏡《かがみ》のなかの夫《おっと》をじっと見つめました。

「養子縁組《ようしえんぐみ》の弁護士《べんごし》ですって？　もう、そんな約束《やくそく》をなさったんですか？」

奥《おく》さんは、大きな声をあげました。

「あなた、本気で考えていらっしゃるってこと？」

「ああ、本気だよ。それに、わたしは心底《しんそこ》ほっとしてるんだ。おまえも知ってのとおり、長いこと会社のことが心配でたまらなかった。そこへひょっこりあの子があらわれて、たちまちなにもかもうまくいきそうになったんだからね。そうとも。わたしは、こうするのがいちばんいいとかたく心にきめてるんだよ」

「ようございますとも。あたくしも、たいしておどろきませんわ」

奥さんはくるっとふりかえって、夫《おっと》と向かいあいました。

「どっちみち、会社はあなたのものですからね。どうしたらいいかは、あなたがいちばんよく知っていらっしゃる。でも、あたくしの暮《く》らしは、あたくしのものです。いいこと、アンソン。これだけの暮らしができるようになるまで、あたくしがどんなに苦労《くろう》したことか。ですから、この暮らしを一ミリたりとも変《か》えたくありませんの。それでね、こうしたらいかが。あなたのコネを使って、あのびんぼうくさい子を、東部のニューイングランドにあるトップクラスの進学予備校《よびこう》に入れるんです。この秋からね。グロトン校がいいでしょう。そうでなきゃ、エクセターか、ポンフレットか、アンドーヴァー。ともかく、そのうちのひとつに。あの子はいやがるかもしれないけれど、そういう寄宿学校《きしゅくがっこう》なら、一流の大学に入学して一流の生活をおくれる若者《わかもの》に育てあげてくれますからね。養子にするんでしたら、ときどきはこの屋敷《やしき》にも来なきゃいけないかもしれないけど、あたくしはかかわらないのがいちばんだと思ってます。それに、寄宿学校に入れたら、あの子はほとんどニューイングランドに行ってますからね。そっちが万事めんどうを見てくれるでしょうし、あとで社長になってからは、あなたが育ちのいいおじょうさんを見つけて結婚《けっこん》させれば、そのおじょうさんが社交界のしきたりやらなんやらを教えてくれるでしょうよ。でも、あたくしは、あの子の先生になるのはごめんですよ。あの子がアイビーのじゃまさえしなければ、あたくしにとってはただのやとい人にすぎないんです。大きな、ただのゼロってわけ。いてもいなくっても、おんなじってこと」

「好《す》きなようにすればいいさ。それできまりだな」

ボルダーウォールさんは、ほくほくしながらベッドにもぐりこみました。

「でも、ひとつだけ聞かせてくださいな」

奥《おく》さんは、優雅《ゆうが》なしぐさで自分の上がけを持ちあげると、ゆったりと横たわりながらいいました。

「もしあの子が会社を継《つ》ぎたくないといいだしたら、どうなさるおつもり？」

ボルダーウォールさんは、まくらに頭を気持ちよさそうにうずめながら、くすくすと笑《わら》いました。

「つまり、アメリカで最高《さいこう》の学校にいくのも、いともかんたんに職《しょく》を得《え》て丘《おか》の上通りの億万《おくまん》長者になるのもいやだといったら……ってことかね？　ぜったいにそんなふうにはならんよ」

「そのとおりですわよね」

奥さんは、ため息をつきました。

「じゃあ、もうこの話はおしまいにしましょう。どうぞ、ゆっくりとおやすみになってね」

奥さんの言葉どおり、ボルダーウォールさんは、ゆっくりとやすみました。ゆっくりぐっすりと、この上なくすばらしいねむりでした。

8

それからの三日間、火曜、水曜、木曜は、グレン通りでは絵に描《か》いたような、夏休みのゆっくり、のんびりした時が流れていきました。いそがしく動きまわることもなく、あくびをして、本を読んで、アイスクリームやポップコーンを食べるだけの一日。

そして、水曜日には——ジョーにとっては、とびきりすてきな水曜日でしたが——通りの向こうに行って、ビアトリスが妹たちの子守りをする手伝《てつだ》いをしました。イヴァンジェリンとドロシーを公園に連《つ》れていって、シーソーやブランコで遊ばせたのです。

「ジョーは、ウィロウィックのうちにもどったら、エリー湖に泳ぎにいったりするんでしょうね」

ビアトリスはため息をつきました。

「それから、野球をしたり。こんな子守りなんて、しなくてもいいんだものね」

これを聞いたドロシーが、あんのじょう姉さんに食ってかかりました。いっとくけど、あたしはイヴァンジェリンみたいな赤ちゃんじゃないもん。すると、あんのじょうイヴァンジェリンが、そばにあったタンポポの根っこをドロシーに投げつけました。それも、どろまみれの根っこです。どこにでもあるような、ゆっくり、のんびりした夏休みの光景《こうけい》でした。

おばあちゃんから電話もかかってきました。やっとリハビリが終わったとか。もう、ほとんど足を引きずらなくても歩けるからと、おばあちゃんはじまんげにいいました。金曜日に退院《たいいん》して、一週間か二週間、杖《つえ》と歩行補助器《ほじょき》で歩く練習をしてからミドヴィルに来るといいます。あれほどウィロウィックをはなれるのをいやがったジョーは、今度はずっとミドヴィルにいたくなっていたので、ぼくはだいじょうぶ、元気でやってるよといいました。だから、ゆーっくり歩く練習をしてね。ぜーったいにいそがなくてもいいよ……。

じつは、そのゆっくりのんびりした三日のあいだに、とんでもないものがジョーの一家に向かってきていたのでした。とてつもなく大きいなにかが。隕石《いんせき》のような、彗《すい》星《せい》のような、小惑星《しょうわくせい》のような。そう、空から落ちてくる、とてつもなく大きな石のような……。もちろん、本物の隕石ではありませんよ。郵便局《ゆうびんきょく》は、空の石の配達《はいたつ》なんかしませんからね。

でも、隕石のような、とんでもないものだったのです。丘《おか》の上通りのボルダーウォール夫妻《ふさい》は、そのことを知っていました。そして、とてつもなく大きいなにかがジョーたちにぶつかったとき、どんな衝突火口《しょうとつかこう》ができるか待っているところでした。けれども、グレン通りや、ずっと北にあるウィロウウィックでは、なんの気配も感じることができませんでした。「なんの前ぶれもなく」と、ヴィニーさんがいっていたとおり。——やぶからぼうというか、寝耳《ねみみ》に水というか、目にも見えず音も聞こえないのに、とつぜん空の石が頭のてっぺんに落ちてくるんだぞ——

そう、とつぜん、青天の霹靂《へきれき》というか、どこからともなくドカンッ！　そして、今度ばかりは頭で受けとめてくれる、じいちゃんのかわいがっていた馬はいませんでした。

隕石は、金曜の朝早くの電話でミドヴィルにとどきました。おばあちゃんからの電話です。おばあちゃんは、とほうにくれて、あせりまくっていて、そのうえかんかんにおこっていました。

「マイラ？　あんたなの？　いったい、そこではなにが起きてるっていうの？」

「おばあちゃん？　えっ、なんのこと？　どうかしたの？」

「どうかしたのだって？　どうしたのかきいてるのは、わたしのほうじゃないか！たったいま、書留《かきとめ》が来てね、もうびっくりしたのなんの。そのことをいってるのよ！まったく、信《しん》じらんない！　きっとなにかのじょうだんだと思ったんだけど、でもね……それで、あんたにきいてみなきゃって思ったわけ！」

「ちょっと落ち着いてよ、おばあちゃん。いったいどんな手紙？　なんのことを話してるの？」

「あんたなら、わけを話してくれると思ってたんだけどね」

おばあちゃんは、あいかわらずつんけんしながらいいました。

「この男、アンソン・ボルダーウォールとかいう人……いったい、自分のことをなにさまだと思ってるのかね。ええ、もちろん、わたしだって名前は知ってるよ。知らない人なんかいないよね？　いっつも、新聞にのってる合衆国《がっしゅうこく》の金持ち番付《ばんづけ》とかに名前が出てるもの。だけど、それがなんだっていうの。いっくら金持ちだって、うちのジョーを思ったとおりにできると思ったら大まちがいだよ」

「ボルダーウォールさんから手紙をもらったの？　ジョーのことで？」

「いえね、手紙はコロンバスにいる、えらぶった弁護士《べんごし》から来たの。でも、ボルダーウォールとかが弁護士に書かせたんだよ、ジョーのことを！」

「おばあちゃん、まず手紙を読んでくれる？　いい？　一字一句《く》、ぬかさずに」

「わかった。やってみるよ。読むからね」

オハイオ州ミドヴィル在住《ざいじゅう》のアンソン・ボルダーウォール氏《し》のご依頼《いらい》により、現在《げんざい》ミドヴィルのマイラ・カジミールさま宅《たく》にいらっしゃるお孫《まご》さん、ジョウゼフ・カジミールさんの将来《しょうらい》にかかわる件《けん》について、本状《ほんじょう》をお送りいたします。

ボルダーウォール氏は、きわめて重要《じゅうよう》な人物であり、彼《かれ》を知るすべての人々から名声を得《え》ております。氏は、スワーヴィット株式《かぶしき》会社の社長であると共《とも》に、家族を愛《あい》する夫《おっと》であり、父親でもあります。まず第一にそのことを申しあげておきます。

さて、ボルダーウォール氏は最近《さいきん》、貴方《あなた》のお孫さんであるジョウゼフさんと出会い、さまざまなことを考慮《こうりょ》したのちに、左記の決断《けつだん》をなさいました。これから先のジョウゼフさんの教育や訓練《くんれん》にかかる費用《ひよう》をボルダーウォール氏が負担《ふたん》すること、そして適当《てきとう》な時期を選《えら》んでスワーヴィット株式会社の社長にするということです。

以上《いじょう》がボルダーウォール氏からの破格《はかく》の申し出であるという点については、貴方も異議《いぎ》のないことと存《ぞん》じます。氏は、ジョウゼフさんの後見者として、かならずやこの計画を全《まっと》うするであろうと、ここにわたくしが保証《ほしょう》する次第です。

右の計画をもっとも効果的《こうかてき》に行うため、当事務所《じむしょ》はボルダーウォール氏にジョウゼフさんと養子縁組《ようしえんぐみ》をする手つづきをできるだけすみやかに完了《かんりょう》するよう助言いたしましたところ、氏《し》も同意なさいました。公的書類《こうてきしょるい》には、ジョウゼフさんの両親が一九五三年八月に死去《しきょ》したのち、貴方《あなた》が保護者《ほごしゃ》に指定されたと記載《きさい》されておりま す。従《したが》いまして、ご都合《つごう》がつき次第、すみやかにお目にかかりたく、本状《ほんじょう》を差しあげました。そうすれば、本計画の詳細《しょうさい》や、ボルダーウォール氏の温情《おんじょう》あふれる申し出について、すべてお話することができ、実行するにあたって必要《ひつよう》となる法的《ほうてき》な手つづきをすすめることができます。

お申しこしの日時に貴方をお訪《たず》ねして、ボルダーウォール氏の申し出について、さらなる話しあいができれば幸いに存《ぞん》じます。

敬具《けいぐ》

一九六五年六月十七日

ロバータ・カジミール殿《どの》

アンソン・ボルダーウォール氏代理人
J・コンヴァース・フォーサイス

「ほうら！　わかった？　これって、いったいどういう意味よ？」

おばあちゃんは、大声でききました。

いっしゅん間をおいてから、マイラおばさんは静かな声で答えました。

「わたしにも、なにがなにやら、さっぱりわからないわ。ざんねんだけど」

「おやおや。ざんねんがっていても、話は、はじまらないんだよ。あんたもわたしも、これがどういうことか、たしかめなきゃね。よく聞いて。わたしは荷物をまとめて、あした、そっちへ行くからね。どっちみち、わたしとジョーと、ふたりで泊《と》まることにしてたんだから」

「ええ、もちろんそうだけど……でも、そのう……おばあちゃん、だいじょうぶなの？　お医者さんは、なんていってるのよ？」

「お医者さんだって？」

　おばあちゃんは、鼻で笑《わら》いました。

「お医者さんになんて、相談するつもりはないよ！　なにがなんでも、あしたミドヴィルに行って、この問題は、もうこれっきりにしなきゃ」

「あらまあ。そんなこといっても……おばあちゃん……ぐあいはどうなのよ？　長いことバスにゆられたりしちゃ、腰《こし》にひびくでしょうに。いくらバスで来るほうが早いからといって……」

「バスなんか、使わないよ。はなっから、車で行くつもりにしてたから。一週間あとか二週間あとじゃなくって、とにかくあした行くの。近所にヘレン・メロさんって人がいてね、わたしとおなじで、だんなさんが亡《な》くなったあと、ひとりで暮《く》らしてるの。あんたも、うちに来たときに会ったことがあると思うよ。そりゃあ頭も口も軽いおばあちゃんだけど、わたしはとても気に入っててね、ずっと前からなかよくしているの。ヘレンには、ひとり息子《むすこ》がいて、あんたのところの近くのオックスフォードに住んでるんだって。病院にお見舞《みま》いに来てくれたときに事情《じじょう》を話したら、わたしの準備《じゅんび》ができたらあんたの家まで車で送ってくれて、そのあとで息子さん一家のところに行って二、三日泊《と》めてもらうっていうの。それから、帰りにジョーとわたしを乗せてウィロウィックにもどってくれるって。ヘレンがいうには、オックスフォードってミドヴィルの目と鼻の先なんだって？」

「そのとおりよ。わかったわ、おばあちゃん。じゃあ、どうぞ来て。相談しなきゃいけないしね、早ければ早いほどいいわ。でもね、おばあちゃん。ジョーにすっかり話したほうがいいの？　それとも、おばあちゃんが来るのを待って、それからいっしょに話しましょうか？」

「うーん」

おばあちゃんは、ちょっと考えてから、つづけました。

「どっちみち、わたしがそっちに行くことは話さなきゃいけないんだから、どうしてか理由もいったほうがいいと思うね。あしたの午後、近くまでいったら、とちゅうのどこかから電話するから。じゃあ、そのときに。これからヘレンと打ち合わせして、準備《じゅんび》しなきゃいけないの」

「わかったわ、おばあちゃん。電話、ありがとうね。じゃ、またあした」

★

テーブルの上に朝食の用意ができたころ、ぼさぼさ頭のジョーが、にっこり笑《わら》いながらあらわれました。マイラおばさんは思わず知らず、会ったことのない子どもを見るように、ジョーをながめていました。ジョウゼフ・カジミール・ボルダーウォールですって？　いったい、おめでたいんだか、悲しいんだか……。でも、マイラおばさんは頭のなかにうかんだことをきっぱりとすみにおしやって、ジョーに声をかけました。

「おはよう、起きたのね！　ちょっと前に、おばあちゃんが電話をかけてきたのよ。電話のベルで目がさめたんでしょ？　おばあちゃん、ずいぶんぐあいがよくなったから、あした泊《と》まりにくるんですって。お友だちの、えっと……メロさんが、車に乗せてきてくれるんですってよ」

ジョーの笑顔《えがお》が、たちまち消えました。席《せき》についたジョーは、オレンジジュースのコップを手にしました。

「ああ。メロさんね。おばあちゃんが入院したとき、ぼくはメロさんの家に泊めてもらったんだよ」

ジョーは、ちょっと目をそらせてから、おそるおそるききました。

「メロさんも、ここに泊まるの？」

「ううん、オックスフォードにいる息子《むすこ》さんのところに泊まるそうよ。でも、何日かしたら、おばあちゃんとジョーをウィロウィックに連《つ》れて帰ってくれるんですって」

「じゃあ、よかった」

ジョーはにっこりしましたが、またもやしんけんな顔になりました。

「ちょっと待って！　どうして、おばあちゃんはあした来ることにしたの？　もう少しあとになると思ってたのに！」

「あのね……」

マイラおばさんは、ちょっと身を乗りだしてジョーの手を取ると、ほんの少しふるえる声でいいました。

「いい？　ジョー。あることが起こったの。わたしたちのだれも思ってもみなかったことよ。今朝《けさ》、おばあちゃんに手紙が来てね、それで本当にびっくりしたというか、気を悪くしたというか……。それって、なんとボルダーウォールさんからの手紙だったの。ボルダーウォールさんは、そのう……弁護士《べんごし》をたのんで、あることをしたいと思ってるんですって。そのあることって――びっくりしないでよ、ジョー。あなたを養子《ようし》にしたいんですって！」

ドッカーン！

9

おばあちゃんが、あしたとつぜん来ることになったので、準備《じゅんび》しなければいけないことがどっさりありました。家のなかのそうじやなにかは、たいしてやっかいではありません。ジョーとマイラおばさんにとってやっかいなのは、あのことを口にしないこと。ふたりは、これから起ころうとしていることにふれたりせず、ボルダーウォールさんの計画について話しあうこともせず、あれこれとふたりで想像《そうぞう》をたくましくすることもしないことにしたのです。

とにかく、おばあちゃんを待っているにかぎる、おばあちゃんなら、どうすればいいかわかってるはずだもの……。ふたりは、口にこそ出しませんが、おなじ思いでいました。だいたい、話せることなど、あるでしょうか。なにかいったところで、とても役に立つとは思えません。いままで慣《な》れ親《した》しんできた世界が、自分ではよく知っているつもりだった世界が、とつぜんひっくりかえるような大さわぎになったとき、いったいなにができるでしょう？　思ってもみなかったのに、とつぜん棚《たな》の上のものがガラガラと転がり落ち、なにひとつもとにはもどらないようで……。

そういうわけで、ふたりはいいたいこともいわず、頭のなかにフラッシュのようにひらめいては消える疑問《ぎもん》も、ひそかに胸《むね》のうちにおさめていました。こうして、ふたりは目をあわせずに、ひたすらかんたんな仕事にはげんでいました。つまり、せっせと家事にいそしんでいたというわけです。

「ジョーがお客さま用の寝室《しんしつ》を使ったらいいわ」

と、これはマイラおばさんがいった言葉。

「前にもいったと思うけど――おばあちゃんのために、そのほうがいいと思うの。階《かい》段《だん》をあがらなくてもすむからね」

「わかった――そのほうがいいよね。だけど、ぼくの荷物とか心配しないで。自分で運ぶから」

これがジョーの答え。

ジョーはマイラおばさんに、こんなふうにきいたりはしませんでした。

――ボルダーウォールさんのいうとおりにしなくちゃいけないの？　もし、ぼくが養子《ようし》になるのをいやだっていったら？　ぼくは、丘《おか》の上通りのお屋敷《やしき》に住まなきゃいけないのかな？　そしたら、ほんとにお金持ちになるの？　それっていいこと？　それとも悪いこと？

「さあさ、ジョー。あなたの使ってたベッドのシーツやなんかをはがしといたほうがいいわね。二階のベッドに、新しいシーツや毛布《もうふ》を持ってってあげる。こうしとけば、あしたの朝、あわてなくてもすむものね。そのほうがいいでしょ？　お客さま用のベッドはふたつあるから、好《す》きなほうを使って。それがすんだら、ヴィニーに電話して、おばあちゃんのために手ごろなエアコンをさがしてもらうわ。これから、暑い夜がつづくとこまるからね」

でも、マイラおばさんも、こうはいいませんでした。

――わたし、あの人たちにあなたをわたすことなんかできない……どうしても、ここでいっしょに暮《く》らしたい……大人《おとな》になるまで、ずっとここにいてもらいたいの。わたしといっしょに。

★

三時ごろになって、ジョーが二階《かい》に持っていく荷物をまとめていると、ヴィニーさんがとてつもなく大きなダンボール箱を両腕《りょううで》でかかえて、ドアから入ってきました。そこはもうジョーの部屋ではなく、おばあちゃんの部屋になるのです。ダンボール箱のラベルには「ファン・フェア、そよ風のようにやさしい」、その下には「窓用《まどよう》エアコン」と書いてありました

「やあ、ジョー。ほうら、見てくれ！　安く買えたんだぞ！　去年の製品《せいひん》なんだ」

ヴィニーさんは、うめきながらかがむと、ダンボール箱を注意深く床《ゆか》におろしました。

「これがあれば、おばあちゃんも元気百倍だよ。マイラがいってたけど、腰《こし》の骨《ほね》を折《お》ったんだってね」

ジョーは、ほっとしました。ヴィニーさんがおばあちゃんのけがのことを話してくれたおかげで、ボルダーウォールさんと関係《かんけい》のないことを考えたり、話したりできます。ベッドの上の、半分だけ荷物を入れたスーツケースの横にこしかけて、ジョーはヴィニーさんにきいてみました。

「ぼく、一度も骨を折ったことがないんだ。ヴィニーさんは、ある?」

ヴィニーさんは、床にひざをついて、エアコンのダンボール箱をあけています。

「じつはね、あるんだよ。でも、たいしたことなかったな。まだ、子どものころ。五歳《さい》か、六歳だった。カミナリが鳴ってる最中《さいちゅう》に屋根から落ちて、腕の骨を折ったんだ」

「カミナリが鳴ってるのに、屋根にのぼってたの?」

ジョーは、目を丸くしました。

「すっごくこわかったでしょ!」

「こわかったかって?　なんで?　こわいことなんて、なんにもないじゃないか。稲《いな》妻《ずま》が光るのをよく見ようと思って、子ども部屋の窓《まど》から屋根にのぼったんだよ。レンガのえんとつにつかまってたんだが、手がすべってうしろ向きにずるずるっと屋根の縁《ふち》から落ちたのさ。ちょうど下においてあった、雨水でいっぱいの手おし車に着陸しちまった」

ヴィニーさんは、そのときのようすを思い出して、にんまりと笑《わら》いました。

「おふくろがおこったのなんのって。子ども部屋の窓に釘《くぎ》を打ちつけて、二度と開かないようにされちゃったよ！」

ヴィニーさんは、ダンボール箱につめてある紙をとりだしはじめました。すぐに、エアコンがあらわれました。ヴィニーさんは、エアコンをとりだして、ダンボール箱をわきにけとばすと、窓の下におきました。

「どうだい、すごいだろう！」

ヴィニーさんは、エアコンの細いすきまとか、シャッターみたいなものとか、つまみとか、昔風のうすいグレーの外装《がいそう》とかを、ほれぼれとながめています。

「これって、電気をずいぶん使うんだよな。動かすとね。けど、暑い日がつづくようになったら、こういうのがなくっちゃな」

「ほんとだよね。だけど、ヴィニーさん。さっきのカミナリのこと、もっと話してよ」

ヴィニーさんは、デスクの前の椅子《いす》に腰《こし》をおろすと、両方の肩《かた》をもみました。

「話すことって、あんまりないけどなあ」

ヴィニーさんは、遠くを見るような目をしました。

「稲妻《いなずま》って、すっごくきれいだなあって、いっつも思ってたんだ。わかるだろ？ それに、カミナリや稲妻ってやつは、とつぜんやってくる……それで、おっかない！ この、おっかないってところが、じつは気に入ったんだと思うよ。いったいカミナリっていうのは、どんな仕組みになってるのか、だれかに教えてもらいたくてたまらなかったよ。だけど、高校に入ってから、やっと答えがわかった。なあんだ、ただの電気じゃないか！ それだけのことだったんだよ。だけど、カミナリってのは、なんと太陽の外側《そとがわ》より熱いって知ってたかい？ それに、あれはおれたちが発明したものでもなんでもない。なんていうか……ただ、とつぜん空にあらわれて、自分のやりたいほうだいにあばれまわってるんだよなあ」

「だからヴィニーさんは、電気の仕事をやるようになったんだね！」

「ああ、そんなところだ。で、ジョーはどうなんだい？　大人《おとな》になったら、なにをやりたいんだ？」

ジョーは、ちょっとためらいました。それから、はっきりということにしました。

「ぼくは、科学の勉強をして、月のことを調べたい。今でもいろんな物がぶつかって月に傷《きず》をつけてるけど、そんなふうにならないようにしたいな」

「空の石にぶつかられないように守ってやりたいって、そういうことか」

ヴィニーさんは、うなずきました。

「そりゃあいいことだけど、いそがなきゃな。月ってのは、思ってる以上《いじょう》に助けがいるみたいだぞ。それも、傷をつけるのは、空の石だけじゃない。ほら、宇宙船《うちゅうせん》で行って月の上を歩こうって話があるじゃないか。写真を撮《と》ったり、いろんな物を集めて、あらいざらい調べたりとか。いまに、月に空気を送る方法《ほうほう》を考えて息ができるようにしてから、地球の人間たちを引っこしさせようとするんじゃないか。それに成功《せいこう》すれば、ゴブル・ステーキハウスのれんじゅうもおうえんするだろうな。きまってるさ。やつらは、月の上で商売をはじめる。まちがいないよ。満月《まんげつ》バーガーとかいっちゃって！　星空チップスとかな！」

ヴィニーさんは、ため息をついて、首を横にふりました。

「空の月は、そのまんま、そおっとしといてやるのがいいんだ。新しいものが、いつもいいってわけじゃないもの。おっといけない。こいつを窓《まど》にとりつけなきゃ」

ジョーは、ソックスをスーツケースにつめこんでからきいてみました。

「ヴィニーさん、屋根から落ちたときだけど、どこに住んでたの？　その家の屋根、見たらおもしろいだろうな。この通りにあるの？」

ヴィニーさんは窓をあけて、両手を腰《こし》に当てて立っていました。片目《かため》をつぶって、エアコンの大きさと、窓の大きさを測《はか》っています。

「ここの近くじゃないんだ。ゼーンズヴィルのまだ向こう。そこでおれは育ったんだよ。車で行っても、ずいぶん時間がかかる。屋根だけを見物しにいくには、ちっとばかり遠すぎるな。おれがミドヴィルにこしてきたのは……」

ヴィニーさんは、そこでちょっと言葉を切って、それからつづきを話しました。

「それはな、おれたちが行ってた戦争《せんそう》が終わったあとのことだよ」

くるりとふりかえったヴィニーさんはベッドのところに来ると、ジョーの横にどさっとすわりました。

「なあ、ジョー。マイラが、もうひとりのジョーのことを話したんだってな。マイラと結婚《けっこん》する約束《やくそく》をしていたジョーの話だよ。だから、おれもジョーに話しておきたいって思ってたんだよ。おれとジョーは、朝鮮《ちょうせん》に派兵《はへい》されたとき、おなじ隊《たい》にいて、なかよくしてたんだ。おれがマイラと知りあう、ずっと前のことだよ。ジョーからは、マイラのことをさんざん聞かされたもんだ。すっごくいいやつだったなあ――っていうか、いままで会ったなかで、最高《さいこう》のやつだったよ。そんなやつが、あるばん、夜の闇《やみ》のなかで敵《てき》の攻撃《こうげき》を受けたときに、おれたち何人かを守るために手《しゅ》りゅう弾《だん》で反撃して死んじまってさ。退役《たいえき》してから、おれはマイラに会いにミドヴィルに来たんだ。じかに会って、ジョーのことを話したかったからね。そのころ、マイラはソープ電機《でんき》で働《はたら》いてたんだよ。マイアミにある教員養成《ようせい》学校に行く金をかせぐために、秘書《ひしょ》かなんかしてたんだ。おれもマイラに会えてうれしかったけど、マイラもおんなじくらい喜んでくれた。それで、ソープ電機で、いまやってる仕事ができるようにとりはからってくれたんだ。ビアトリスのおやじさんといっしょに働けるようにね。いい仕事だし、おれはほんとに満足《まんぞく》してる。信《しん》じられないだろうけど、それからずっと十年以《い》上《じょう》も働いてるんだよ。マイラとおれのあいだでは、それからは朝鮮の話はあんまりしない。ずっと昔、おたがいにあらいざらい話しちまったからな。だけど、わすれたわけじゃない。ずーっと心のなかにあるんだ。おれたちふたりのあいだに、ずーっと。そういうわけで、おれたちはいまも友だちでいるんだよ」

★

そのばん、ジョーはスーツケースを持って二階《かい》の部屋に引っこしました。ベッドは、窓《まど》に近いほうを選《えら》びました。そうすれば、ねむるまで夜空を見ていることができます。でも、木のこずえで空が見えないのでは？　いいえ、だいじょうぶ。じゃまする葉っぱも、木の枝《えだ》もありません。そして「さあ、ながめてくださいな」というように、月がのぼっていました。ほのかにピンク色をおびている、半円形の月です。

でも、今月のこの時期には、そう見えなければいけません。月はいつも、きまった時間をおいて、きまった形であらわれるのですから。ジョーは、すっかりうれしくなってベッドにすわり、窓《まど》わくにそっと両ひじをつきました。そのとき、軽くドアをたたく音がして、マイラおばさんの声が聞こえました。

「ジョー。わたしよ。お部屋はどう？」

「すっごくいいよ。おばさん、入ってきて」

部屋に入ってきたマイラおばさんに、ジョーはこういいました。

「この二階《かい》、気に入っちゃった」

マイラおばさんは、窓辺《まどべ》に来てベッドの横に立つと、外をながめました。

「いい月ねえ」

すると、ジョーもいいました。

「そうなんだ。すーっごくいい月だよ」

マイラおばさんは、ベッドのすみに腰《こし》をおろしました。窓の外も部屋の中も、ずいぶん暗くなっていましたが、ジョーはおばさんがじっと自分を見ているのがわかりました。一日じゅう、ふたりのあいだにただよっていた落ち着かない空気が、まだ残《のこ》っていました。すっきり気分が晴れたなどとは、とてもいえません。

窓わくにもたれていたジョーはすわりなおして、ふたつのベッドのあいだに立っているスタンドの明かりをつけようかどうかまよいました。明るくなれば、少しは気持ちが晴れるかな……でも、つけないほうがいいかも。真っ暗になれば、マイラおばさんは自分の寝室《しんしつ》にもどるかもしれない。そうしてくれたらいいのにと、ジョーは思いました。さもないと、おばさんはボルダーウォールさんのことを話しはじめるかもしれません。いまなにかきかれても、ジョーはなんと返事《へんじ》していいかわからないでしょう。だいたい、いろんなことをひっくるめて、もうどう考えたらいいか、さっぱりわからないのですから。

でも、マイラおばさんのききたいことは、別《べつ》にあるようです。弁護士《べんごし》とか、養子縁《ようしえん》組《ぐみ》とか、ボルダーウォールさんの財産《ざいさん》などについて話すかわりに、おばさんはこんなことをきいてきました。

「ジョーは、ずっと前から夜空を見るのが好《す》きだったの？」

じつをいうと、さっきからジョーは、いらいらしていました。このところ何日かは、そんな気持ちにはならなかったのに。でも、いまのマイラおばさんの言葉で、気分がすっかり晴れました。夜空のこと、それなら話してもだいじょうぶです。

「うん、ずっと前から。とにかく、おぼえてないくらい前からだよ」

「じゃあ、大きくなったら、天文学者になるのね。すばらしいと思わない？　だって、わたしのかわりに、ジョーが空の研究をしてくれるんですもの！　でも、いっつも見てるのは、ほとんど月だけよね？　ほかの星のことは、あんまり関心《かんしん》がないみたいだけど」

「うーん、星は小さいから……」

ジョーはそういってから、いそいでつづけました。

「もちろん、本当は小さくなんかないって知ってるよ。ここから見たら、小さいだけだって」

「そうよね。星は、あんまり重要《じゅうよう》なものには見えないものね。遠すぎるもの。でも、月は——みんな、月のことはよく知ってるわよね。わたし、こんなことおぼえてるの。ずっと昔のことだけどね、うちの母がだれかにむずかしいことをたのまれると、よくいってたっけ。『月に飛《と》んでいくよりむずかしいよ』ってね。それがいまでは、だれでも行きたければ月に飛んでいけるような時代になったものね」

おばさんは、ちょっと言葉を切ってから、ききました。

「ジョー、あなたには、どうしてそんなに大事なの?」

「月が……ってこと? さあ、わかんないな。小さいときから、ずっとそうだって、おばあちゃんがいってたけど。どうしてなのか、とくに考えたことはないんだ。ただ……なんていうか……いつもずっとあそこにいるって、いいなって思ってる。すっごくほっとするもの。いろんなものがしょっちゅう変《か》わるのって、好きじゃないから」

「なにいってるのよ、ジョー! 月って、しょっちゅう形を変えるじゃない! いっつも変わってるわよ! だれだって、みんな知ってるわ!」

「まあね。だけど、いなくならないもの、ぜったいに」

しばらく、ふたりともだまっていました。それから、マイラおばさんがいいました。

「そうね、いなくならないものね」

それから、そっとつけくわえました。

「でも、人間はね……」

なんのことを話しているのか、ジョーにはよくわかりましたが、きいてみました。

「それって、どういう意味？」

「人間は、いつかいなくなってしまうってこと。それは、どうしようもないってことよ。だれかがずっと近くにいてくれると思っても、そうはいかないもの」

「おばあちゃんが、いつもいってるよ。人を当てにしちゃいけない。当てにできるのは、自分だけだって。でもね、月は信用《しんよう》できると思うんだ。だって、いっつもおなじところにいるから。たしかに見るたびに変《か》わってるけど、いつもきまった変わりかたをしているもの」

マイラおばさんは立ちあがって、もう一度だけ窓《まど》から月をながめました。

「ジョー、いつか宇宙船《うちゅうせん》であそこに行きたいって思ってるの？」

ジョーは、笑《わら》いだしました。

「ぜんぜん。一度も思ったことないよ」

それから、ヴィニーさんがいっていた満月《まんげつ》バーガーの話をしました。

マイラおばさんも、笑いだしました。それから、まじめな顔になりました。

「ジョー。わたしね、暗い話をしに、ここに来たわけじゃないのよ。ただ、心配なだけ。ボルダーウォールさんの話が、いったいどういうことなのか、さっぱりわからないのがいやなの。もう、頭がおかしくなりそうよ」

「おばあちゃんなら、どうしたらいいかわかってるよ」

「そうね。そのとおりだわ。おばあちゃんなら、わかってるわね。さあ、ジョー。もうおやすみなさい。あしたから、たいへんな日がつづきそうだから」

マイラおばさんはそういってから、部屋を出ていきました。ジョーは服を脱《ぬ》いでパジャマを見つけると、またベッドの上にすわりました。あくびをしながら、月を見あげます。

月の顔は半分かくれているけれど、ジョーはこんな想像《そうぞう》をするのが好《す》きでした。月もぼくも、おたがいにそこにいるのがわかっているんだ。そして、ぼくが質問《しつもん》すると、いつも月が正しい答えを返《かえ》してくれる。お金持ちになるって、いいことなの？　それとも悪いこと？　お金持ちになっても、きみは友だちでいてくれる？　それから、目がとろとろとしてきたので、毛布《もうふ》にもぐりこみ、ねむりかけました。夢《ゆめ》のなかで、はるか遠くから月が答えてくれたような気がしました。

「どっちかは、手に入れることができるよ。月か、お金か。お金か、月か。両方は、むりだけどね」

10

土曜日の午後一時半ごろ、電話が鳴りました。おばあちゃんからです。

「スプリングフィールドの公衆《こうしゅう》電話からかけてるの」

と、おばあちゃんはマイラおばさんにいいました。

「ヘレンがね、ほら、メロさんのことよ。おべんとうを作ってきてくれたから、いま車のなかで食べたところ。でも、すぐに高速道路にもどらなきゃ。いやはや！　四時間のドライブって、たいへんだね！　でも、あと一時間は車に乗ってなきゃ。地図を見ると、ここからミドヴィルまでは八十キロってところかね」

「まあ、おばあちゃん！　電話をくれて、ほっとしたわ！　腰《こし》のほうは、どう？　だいじょうぶ？」
「わたしのこと？　わたしなら、だいじょうぶ。ぼおっとうちにいて、おろおろしたり、腹《はら》を立てたりしてるよりずっといいよ。きっとうちにいたら、それこそ腹が立って……まあ、どうなってたかなんて話さなくてもいいか。それより、ヘレンがすっごくうまくやってくれたの！　ほら、あのコロンバスを迂回《うかい》する道路を走ってたとき、スピード違反《いはん》で、車を停《と》められちゃったの。でも、ヘレンったら、警官《けいかん》にあまったるい声で話しかけてね。ごめんなさいっていってから、『おまわりさーん』なんて呼《よ》んだあげくに、あなた、制服《せいふく》がよく似合《にあ》って、すっごくハンサムね、なんていうの。笑《わら》うのを必死《ひっし》にがまんしている警官なんて、はじめて見たよ！　で、なんと違反切符《きっぷ》を切らずに、通してくれたの。信じられる？　注意を受けただけだったんだから。で
……ジョーはどうしてるの？」
「元気にしてるわよ。電話に出したいんだけど、落ち着かなくてね。いま、裏庭《うらにわ》をそうじしにいってるところ。それからね、おばあちゃん。あの手紙のことだけど、ジョーと話しあったりしてないわよ。ボルダーウォールさんがどうしたいと思ってるかは

教えたけど、じっさいにわたしとジョーとで相談したりはしてないの」

「そう。いいんじゃないかね。そのほうがいいと思うよ。わたしは、こう考えてるの。そっちに着いたら、みんなであらいざらい胸《むね》のうちを話しあって、そのあとでボルダーウォールとかいう男に電話して、あした会うようにすればいい。もう電話を切らなきゃ。ふくれっつらした女の子が、うしろで待ってるから。じゃ、いいね！　一時間あとで！」

★

午後三時半、グレン通りのリビングに、全員が集まっていました。マイラおばさん、ジョー、そしておばあちゃんの三人です。おばあちゃんのスーツケースは、もう一階《かい》の寝室《しんしつ》に運びこんでありました。おばあちゃんが車をおりるときには、メロさんが手を貸《か》してくれ、万一のときのために、家までぴったりつきそってきてくれました。

というのも、おばあちゃんは歩行補助器《ほじょき》とかいうものにつかまって、よろよろと歩いていたからです。金属《きんぞく》の檻《おり》のようなきみょうな器械《きかい》で、高さはおばあちゃんの腰《こし》まであり、三方に手すりがついています。目方がないのではと思うほど軽いのですが、とてもがんじょうにできていて、おばあちゃんが寄《よ》りかかったり、ぶつかったりしてもびくともしません。

「まあまあ、ぼうやちゃん。ひさしぶりねえ！」

ジョーを見るなり、メロさんはピーチクしゃべりだしました。

「あなたが、バータのお気に入りの、やさしいおじょうちゃんねえ」

これは、マイラおばさんのこと。バータというのは、おばあちゃんの呼《よ》び名《な》です。

「まあまあまあ、なあんてすてきだこと！　カジミール家の三人が、ここにせいぞろいってわけね！　わたしもおじゃまして、おしゃべりしていきたいけど、オックスフォードに行って、うちの大切な宝物《たからもの》ちゃんたちに会わなきゃいけないの。ですから、大切なおばあちゃまはおふたりにあずけて、ウィロウウィックにもどるときが来たら、またおむかえにきますねえ。じゃあねっ！」

と、まくしたてたあげく出ていきました。

やっと静かになって、リビングのすみに歩行補助器《ほじょき》をかたづけると、おばあちゃんはやれやれとばかりふつうのひじかけ椅子《いす》に落ち着くことにしました。ふーっとため息をつきながら、おそるおそるひじかけ椅子に腰をおろすと、深々とすわります。

「ジョー、あんたがいなくって、ほんとにさびしかったけど、どうやらマイラのうちで元気にやってたようだね」

「うん、ずっと楽しかったよ——ぼく、ちょっと心配してたんだけど、おばあちゃんは、前とちっとも変《か》わってないね。元気になってよかったよ」

「ありがとうね。でも、この養子《ようし》問題とやらをかたづけたら、もっと元気になると思うよ。きのう、弁護士《べんごし》の手紙を読んだときには、もう腹《はら》が立って、腹が立って。でもね、いま考えてみると、これはそんじょそこらにある申し出じゃないような気がしてきて——新しい暮《く》らしっていうか、わたしらの知らないような暮らしを、あんたにさせてあげようっていう話なんだから。というか、とてつもなく大きな申し出だから、すみからすみまですっかりわかったっていうわけには、とてもいかなくってね！　それでね、わたしは知りたいんだよ。いったい、この申し出の裏《うら》には、なにがかくれてるの？　財産《ざいさん》のことをぬきにして――もしぬきにできるんならね――このボルダーウォール家の人たちって、どんな人たちなの？　ジョー、あんたはボルダーウォールさんの家のお茶会にいって、話をしたんだよね？　どう思ったのか、教えてよ」

ジョーは、顔をしかめました。ボルダーウォールさんの顔を思い出してみます。じろじろとこっちを見る、さぐるような目。短いけれど、てきぱきした質問《しつもん》の数々……。しまいに、ジョーはこういいました。

「うーん、よくわかんないな。ボルダーウォールさんって、おじいさんだけど……もしかして、こわいなって思っちゃうかも。自分のほしいものとか、やりたいこととか、ちゃんとわかってる人だと思うよ。でもね、いじわるとか、そういうんじゃない。ただね、ぼくの学校のこととかいろんなことを、どっさりきいてきたんだ。で、友だちになろうっていわれた。ボルダーウォールさんには男の子がいないし、ぼくにはお父さんがいないからって」

「養子《ようし》のことは、なにもいわなかったの？」

と、おばあちゃん。

「ぜんぜん。ひとことも」

「まったく、わけがわかんないねえ」

おばあちゃんは、かぶりをふりました。

「でもね、マイラ。あんたは奥《おく》さんと話をしたんだよね。奥さんは、どうだった？その人たちって、どんな暮《く》らしをしているの？」

「お屋敷《やしき》は、ほんとうにきれいだったわ。とっても大きくて、非《ひ》の打ちどころがないっていうか。わたしは、いいなあって思っちゃった。でも、ジョーはちがったの。なんだか映画《えいが》のなかの家みたいだって。なにもかもそろっていて、ないのはカメラだけだって。そういわれてみれば、ほんと、ジョーのいうとおりだったわ！　奥さんと会ったとき、女優《じょゆう》さんみたいだなって思ったもの。映画のなかの人みたいなのよ。着ている服も上品できれいすぎるし、話すことも、映画のなかのせりふを暗記してしゃべってるみたいなの。で、なにかしゃべるとね、今度は『さあ、あなたの番よ、せりふをおぼえてる？』って顔で、わたしを見るわけ。わたし、自分がへっぽこ役者みたいな気がしてきたわ。わたしは、わたしなのにね。奥さんが失礼だったとか、そういうんじゃないの。でもね、そんなことというとおかしいかもしれないけど……この人、むりしてるんじゃないかなって、わたし、ずっと思ってたわ。わたしとなかよくするだけの余裕《よゆう》が、心のなかにないんじゃないかって」

「お金持ちって、たいへんなのかもしれないね。それとも、わたしらみたいなふつうの人間に、慣《な》れてないのかもしれないよ。自分たちの子どもはいるの？」

「娘《むすめ》さんがいるけど、結婚《けっこん》してクリーブランドに住んでるんですって。でも、お孫《まご》さんはいないの」

「じゃあ、会社を継《つ》ぐ人間がいないんだね。これで、ずいぶんわかってきたよ。ただ……いったい、どうしてジョーを選《えら》んだのかね？　だれか、仕事の経験《けいけん》を積《つ》んだ人とか、会社を継ぐのにふさわしい年れいの人じゃいけないの？　それに、うちの家族のことはどうなのよ？　たしかに三人だけになっちゃったけど、家族は家族だもの……それで、ジョーは、ボルダーウォールさんが作ってる、ちっちゃな機械《きかい》のこと知ってるの？」

「スワーヴィットだよね。おばあちゃん、おぼえてるでしょ？　去年、車のエンジンに使うっていって、新しいスワーヴィットを買ったじゃない？」

「そうだったね。だけど、ジョー。あんたは、ああいう仕事をしたいと思ってるの？　そういう機械を作る会社の社長になりたいって思う？　どうなの？」

おばあちゃんのしんけんな顔を見て、ジョーはすぐに目をそらしました。自分がやりたいことを、おばあちゃんにいいたい。ほんと、いいたくてたまらない！

でも、どんなふうに話したらいいか、わからなかったのです。たしかに、いちばんいい答えを知っているのは、おばあちゃんです。でも、おばあちゃんにだって、わからないのかも！　だったら、どんなふうに答えればいいのでしょう？　おばあちゃんは、ジョーにお金持ちになってもらいたいと思っているの？　ぼくが大学に行くお金の心配をしなくてもよくなったら？　それに、自分だけの望《のぞ》みをおばあちゃんにおしつけたりして、いいのかな？　いままでだって、ずーっと、おばあちゃんの喜ぶことをしなきゃって思ってきたのに……。

ぼくは子どもで、なんてどうしようもないんだろうという気持ちが、ふいにこみあげてきて、ジョーの頭のなかはまた、あのいらいらした思いでいっぱいになりました。

ジョーは口のなかで、ひとりごとのようにつぶやきました。

「なんていったらいいか、ぼく、わかんない。ほんと――ぜんぜんわかんないんだ」

★

そのとき、ほっとしたことにキッチンのドアがいきおいよくあいて、ヴィニーさんの声がしました。

「おーい！　マイラ？　どこにいるんだい？　だれか、いるのか？」

「ああ、よかった。ヴィニーだわ！」

おばさんは、大声でヴィニーさんを呼《よ》びました。

「ここよ、リビングにいるの！　おばあちゃんに会いにきて！」

リビングに入ってきたヴィニーさんは、いつものように暖《あたた》かく、気どらないようすで、おばあちゃんにちょっと頭を下げました。

「はじめまして」

にっこりと笑《わら》いながらいいます。

「エアコンの調子はどうか、ちょっと見にきたんですよ。お元気そうでよかった！」

それから、ジョーに声をかけました。

「やあ、ジョー。お世話しなきゃいけないレディが、ふたりになったな！　こういう夏休みも、悪くないじゃないか！」

そんなのんきなおしゃべりを、マイラおばさんがさえぎりました。

「おばあちゃん！　ヴィニーは、わたしの親友なの。ジョーのことも、よく知ってる。いっつもおしゃべりしてるのよ。だから、ヴィニーの意見もきいたらどうかしら？　いずれ話さなきゃいけないことだし、ヴィニーだったらいいことを考えつくかもしれないわ」

「わかった。わたしも、そうしてもらえればありがたいよ」

「ちょっと待った、マイラ。なにをしゃべってるんだい？　いったい、なんのさわぎなんだ？」

おばあちゃんは、床《ゆか》においてあったバッグをとって、なかから封筒《ふうとう》をとりだしました。

「きのう、ウィロウィックの家にとどいた手紙よ。みんな、ここに書いてある。で、いったいどうしたものかと考えてるところなの」

ヴィニーさんは封筒《ふうとう》を受けとって、差しだし人の住所を見ました。

「ひゃあ、弁護士事務所《べんごしじむしょ》からか」

ひじかけ椅子《いす》のひじのところにすわると、ヴィニーさんはひたいにしわを寄《よ》せて封筒から便《びん》せんをとりだしました。ゆっくりと、一字一句《く》もらさずに読んでいくうちに、ヴィニーさんの目は、どんどん丸くなっていきました。最後《さいご》まで読み終えると、ヴィニーさんはジョーの顔を見あげました。

「ここに書いてあること、知ってるのかい？」

ジョーはうなずきました。

「ぜんぶ知ってるよ」

「わかった」

と、ヴィニーさんはいいました。

「なんにも、なやむことないじゃないか。少なくとも、おれはそう思うよ。あのじいさん、自分が引退《いんたい》したあとも、思うように会社を動かしていきたいって思ってるわけだ。あの人は、優秀《ゆうしゅう》な経営者《けいえいしゃ》だから、すべて計算してるんだよ。ここにいるジョーを、どっかのぜいたくな学校に入れて教育してもらう。で、時が来たら会社に入れて、自分は引っこむ。みんな、年をとったら引退してもらいたいと思ってるからね。昔っから、ずっとそういう習慣《しゅうかん》になってるもんな。ところがどっこい、それは、見せかけだけの引退だ。会社のトップは、やっぱり自分で、自分がジョーに指図《さしず》する。じいさんは、たしかにジョーのことを気に入ってるんだよ。だけど、ジョーを大切に思ってるとか、心底《しんそこ》かわいがってるなんて思っちゃいけないぞ。この養子縁組《ようしえんぐみ》やらなんやらは、ジョーのことを愛《あい》してるから考えついたわけじゃないんだから」

ヴィニーさんは、手紙をおばあちゃんにかえしました。

「いいか、ジョー。金は、悪いもんじゃない。銀行の金庫に積《つ》みあげてあるだけの、ただの紙切れだ。アホ頭を利口《りこう》にしてくれるわけじゃないし、悪いことをしようとしたやつを真人間にもどらせてくれるわけでもない。たしかに、だれだっていくらかは金を持ってなきゃいけないいけどな。でも、もしジョーが金持ちになりたいと思ってるなら、これもひとつの方法《ほうほう》だって考えちゃどうだね。おれの見たところ、この話には、それほど害《がい》もないと思うよ」

ヴィニーさんは立ちあがると、にんまり笑《わら》いながらみんなを見まわしました。

「さてと、いつもポケットにコイン一まいしか入ってないやつの意見はどうだった？じゃあ、またあとで！」

ヴィニーさんは、キッチンのドアをあけて出ていきました。

みんなは、それぞれが自分の思いにふけりながら、しばらくだまってすわっていました。おばあちゃんが、お茶をすすります。マイラおばさんは、あごをなで、ジョーは床《ゆか》を見つめていました。ヴィニーさんがソープ電機《でんき》のヴァンにエンジンをかけて走りさってからは、あたりはしーんと静まりかえったままでした。

そのとき、通りの向こうから、なにかがほえるのが聞こえてきました。のども裂《さ》けんばかりのけたたましい声をはりあげて、世界じゅうに「あぶないぞ！」「侵入者《しんにゅうしゃ》発見！　警戒《けいかい》せよ！」と知らせています。

リビングにいた三人は、さっと顔をあげました。

「ソープさんちのローバーよ」

マイラおばさんがいいました。

「角《かど》を曲がったところにいる雌《めす》ネコを見つけたんだわ。そのネコったら、しょっちゅうやってきては、あれこれ調べまわってるの。どんなものを調べてるのか、わたしだってわからないけどね。なにしろ、ネコのことだもの。それでね、ローバーはネコを見つけるやいなや、なんとか庭をぬけだして追っかけるわけ。ネコのほうは、すぐに塀《へい》や木にのぼっちゃうから、ローバーのことなんかちっともこわがっていないけど。ほうら！　やっぱりローバーがにげだしてるわ！」

ローバーは、マイラおばさんの家の前の庭に入りこんで、まだほえつづけています。それにあわせるように、だれかが「ローバー、帰っておいで！」とさけんでいます。

ビアトリスだ！　ジョーは、立ちあがりました。

「ローバーをうちにもどすのを手伝《てつだ》ってくる！　すぐに帰ってくるから」

★

ジョーが外に出ると、ネコのすがたは見えなくなっていましたが、ビアトリスがローバーの首輪《くびわ》にリードをつないでいました。ローバーをあいだにはさんで、ふたりは木もれ日の落ちる道路を横切りました。

「ローバーを家に入れなきゃ」

と、ビアトリスがいいました。

「さもないと、またにげだすから。手伝《てつだ》いに出てきてくれて、ありがとう、ジョー」

「ビアトリス、ちょっと待って。もう少し、外にいてくれる？　話したいことがあるんだ。だれにもいっちゃいけないのかもしれないけど、ほんと、ビアトリスには話したくって。どう思うか、聞きたいから」

「ええ……もちろん、いいわよ！」

ローバーを家のなかに入れてから、ふたりは芝生《しばふ》にならんですわりました。

「で、なにがあったの？」

ジョーは大きく息をすってから、ゴクリとつばを飲みこみました。それから、弁護《べんご》士《し》からとどいた例《れい》の手紙のことを話しはじめました。

すっかり話を聞いたビアトリスは、草を一本か二本ゆっくりとぬいてから、うつむいたままジョーにききました。

「ジョーは、もう科学者になりたくないの？」

「なりたいさ、もちろん！」

ビアトリスは顔をあげて、まっすぐにジョーを見つめました。

「それじゃあ、なにが問題なの？　ぼくは科学者になりたいんだって、そういえばいいだけじゃない」

ジョーは、ビアトリスをまじまじと見つめました。

「けど、ぼくは……ただ、なんていうか……おばあちゃんが、そうしてもらいたいんなら……やっぱり、考えなきゃいけないって思ってたんだもの！」

「つまり、自分でもいろいろ考えてたんだよね。だけど、将来《しょうらい》なりたいものは変《か》わらなかった。そうでしょ？」

ジョーは、目を丸くしました。

「ビアトリスに相談したら、すっごくかんたんなことみたいな気がしてきた！」

ビアトリスは、にっこり笑《わら》いました。

「だって、すっごくかんたんなことだもん。だれがなんていったって、これはあんたが、ジョー・カジミール自身が、これからどう生きるかってことなのよ。ほかの、だれのことでもないの。あんたは自分が本当に望《のぞ》んでるように生きなきゃ」

ジョーは、ビアトリスをじっと見つめました。ビアトリスの笑顔《えがお》を、自分を見つめている瞳《ひとみ》を、見つめました。すると、頭のすみっこに長いあいだ住みついていた、いらいらした気持ちが、ゆるゆると動いて、ほどけて、溶《と》けて、消えていきました。ジョーは、ビアトリスの顔を見たまま、心からうれしそうに笑いました。

「すっごーい！」

マイラおばさんのリビングにもどったジョーは、待っていたふたりにいいました。

「ぼく、もうきめたよ。養子《ようし》やなんかには、なりたくない。もちろんお金は大事だけど、いちばん大事だってわけじゃないもの。ぼくは、ずっと前から、おぼえていないくらい前からしたかったことを、大人《おとな》になったらやりたいんだ」

そして、ふたりに、月のことをすっかり話してきかせました。

★

その日の夕方、マイラおばさんが三人のためにかんたんな夕食のしたくをしていると、おばあちゃんがキッチンに杖《つえ》の音をひびかせながらやってきました。

「人間は二十一歳《さい》になるまで知恵《ちえ》はつかないなんていったの、いったいどこのだれだろうね？」

「わたしじゃないことは、たしかよ！」

マイラおばさんは、いいました。

「わたしの五年生のクラスには、かしこい子どもがいっぱいいるもの。ときどき、年をとればとるほどかしこくなくなるんじゃないかって思っちゃうくらい！」

おばあちゃんは、うなずきました。

「まったくそのとおり。わたしなんて、その見本みたいだね。なんだかもう、おどりたいような気分だよ」

「わたしもよ」

マイラおばさんは、にっこり笑《わら》いました。

「おばあちゃん、気にすることないわ。すぐにおどれるようになるから」

「たぶんね」

おばあちゃんに、いつもの笑顔《えがお》がもどりました。

「でもね、わたしは、おどりたいなって気分になったのがうれしいの！」

11

日曜日の午後というのは、すてきな時間です。とくに、六月の日曜日の午後は。新しい週のはじめの日、というだけではありません。いえいえ、日曜日こそ、まさにお休みの日そのもので、週のはじめとか終わりとかはどうでもいいのです。世界じゅうののどんなものにも、一週間のほかの六日にもじゃまされない、とびきりの一日のはず……ただし、その日の午後に、丘《おか》の上通りの大きくて、美しい屋敷《やしき》で億万《おくまん》長者に会わなければならなくなった人にとっては、どうでしょうね？

けれども、世の中には、おそれを知らぬ人たちがいるものです。ジョーのおばあちゃんも、そのひとりでしょう。土曜日の午後、ジョーがいわなければいけないことをいったあと、おばあちゃんはボルダーウォールさんに電話をかけました。めったに使わない声で、おばあちゃんはしゃべりました。いままであんな声で話しかけられなくて、ほんとによかったと、ジョーは思いました。おばあちゃんは、あくる日の日曜の午後三時に会いたいとボルダーウォールさんに告《つ》げ、よろしいと返事《へんじ》をもらいました。

「そりゃあ、会わないわけにいかないよね」

おばあちゃんは、受話器《じゅわき》をおいてからいいました。

「あの人のお母さんみたいな声で、ぴしゃっといってやったんだから！」

おばあちゃんは、にっこりと笑《わら》いました。なんともうれしそうな笑顔《えがお》でした。というのも、おばあちゃんはジョーの話を聞いて、心底《しんそこ》喜んだからです。それだけでなく、誇《ほこ》りにも思いました。それは、マイラおばさんもおなじでした。ふたりは、ジョーにそのとおりのことをいいました。

そこで、お祝《いわ》いに、夕食のあとでゴブル・ステーキハウスに行くことにしました。三人が注文したのは、チョコレートサンデー。チョコレートソースがグラスの底の底まで入っているので、最後《さいご》のひと口まですくうには、スプーンで深くほりさげなくてはいけない、ぜいたくなデザートです。それから、グレン通りの家にもどって、ぐっすりとねむりました。一度はひっくりかえってしまった世界が、またもとのなつかしい世界にもどったのがわかったあとの、これ以上《いじょう》ないほど気持ちのいいねむりでした。

おそれを知らぬおばあちゃんは、日曜日の朝も落ち着きはらっていました。マイラおばさんが、なにを着ていくのかきいたとき、おばあちゃんは笑ってこう答えました。

「なにを着るのかって？　ほかの人に会いにいくときと、おなじものにきまってるじゃないの！　昔っから着ている、無地《むじ》のスカートと、ブラウス。そのうえに、ジャケット。それから、杖《つえ》を二本持ってね。歩行補助器《ほじょき》のかわりに、杖を使うつもり。リハビリセンターで、使いかたを習ったの。ドスンドスンって音がするけど、歩行補助器がガシャガシャいうのよりいいんじゃないかね。それに、杖のほうが場所もとらないし。ジョー、わたしの部屋から杖をとってきてくれる？　出かける前に練習しとかなきゃ」

そして、杖の予行演習《よこうえんしゅう》がうまくいき、いざ出かけなければという時間になったとき、玄関《げんかん》のベルが鳴ってメロさんがあらわれました。

「こんにちは、みなさーん！」

ピーチクパーチクおしゃべりがはじまります。

「あたしですわよ。あのね、少しバータと相談したいことがあって、ちょこっと車で出かけて、ちょこっとおしゃべりしようと思ったの」

「それがね、ヘレン。今日は、だめなの」

おばあちゃんが、いいました。

「わたしも、きのう、ちょこっとおしゃべりしちゃってね。例《れい》のボルダーウォールって男と。ほら、きのう話した、あの人よ。それで、これからすぐに、その人の家に行かなきゃならないから」

「ちっともだめじゃないわよ。丘《おか》の上通りでしょ？　その場所なら、よく知ってるわ。あたしが車に乗せてってあげる。それで、あなたが帰るまで、車のなかで待っててあげるわ」

「まあ、とんでもない……」

と、マイラおばさんがいいました。

「だいじょうぶですよ、メロさん。わたしが車に乗せていきます。いっしょにお屋敷《やしき》のなかまで入って、手を貸《か》さなきゃいけないかもしれないから」

するとおばあちゃんがいいました。

「いいのよ、マイラ。ほんと、ヘレンのいうとおりにしたほうがいいと思う。ヘレンの車で行ったら、あんたはこの件《けん》には、いっさい関係《かんけい》なしってことになるから。そしたら、あの人たちだって、今度のことについて、あんたに文句《もんく》をいったりできないはずだよ。わたしが丘の上通りに行く。いいたいことをいう。思いっきりまくしたてる。それから、帰ってくる。これですべて完了《かんりょう》。わたしなら、これから先どこかであの人たちに会うっていう心配もないし。だって、ミドヴィルに住んでるわけじゃないからね。そうそう。ぜったいそうしたほうがいい。車のなかで、ヘレンとちょこっとおしゃべりできるしね。で、はじまってから終わるまでの時間を計算すると、一時間かそこらでもどってきて、お茶を飲んでクッキーを食べられる。わかった？」

「わかったわ。おばあちゃんのいうとおりかもしれないわね。ジョー、あなたはどう思う？」

でも、ジョーはとっくに裏庭《うらにわ》ににげだして、ハンモックにゆられていました。『空、その歴史《れきし》と物語』を広げ、今度は目を大きく開いて読んでいたのでした。

★

ボルダーウォール家の玄関《げんかん》ホールは、一週間前とまったくおなじでした。またもや白いバラの花がかざられ、またもや金縁《きんぶち》の鏡《かがみ》が、ふきげんな顔でにらみつけています。けれども、おばあちゃんが通されたのは、リビングではありませんでした。メイドに案内されたのは、もっと小さな部屋です。応接間《おうせつま》というのでしょうか。その部屋にも、小さな花びんにバラがいけてありましたが、こちらのほうはピンク色でした。

おばあちゃんは、深紅《しんく》のベルベットを張《は》った、小ぶりなソファをすすめられてから、しばらくひとりぼっちにされました。そのあいだに、部屋のなかを見まわすと、大理石の暖炉《だんろ》の上に、入念《にゅうねん》に仕上げられた風景画《ふうけいが》が額縁《がくぶち》に入れてかけてありました。ソファとおそろいの深紅の布《ぬの》を張った椅子《いす》も二脚《きゃく》あります。はばの広い本棚《ほんだな》には、本がずらりとならび、窓《まど》からは外のテラスが見えました。おばあちゃんの手近にある小さなテーブルは、お茶のカップをのせるものでしょうか。いや、たぶんワインのグラスをのせるのでしょう。なんとも美しい部屋でしたが、ジョーやマイラに聞いたとおりの屋敷《やしき》だと、おばあちゃんは思いました。これまでだれも住んだ人がいないように見えるのです。

でも、この屋敷に住んでいる人たちはいます。まちがいありません。ドアの向こうの玄関ホールから、だれかになにかを命じている、よくひびく声が聞こえてきました。そして、この屋敷のあるじ、この家に住んでいる、たいそうなお金持ちの老人《ろうじん》が、おばあちゃんの前に立っていました。

「カジミールさんですね？」

と、老人はいいました。

「はじめまして」

それから老人は目を細めて、おばあちゃんをじろじろとさぐるようにながめまわしましたが、その顔にはなんの表情《ひょうじょう》もうかんでいませんでした。

おばあちゃんは、おなじように無表情《むひょうじょう》な顔で、老人《ろうじん》を見かえしました。

「はじめまして」

と、おばあちゃんもあいさつしました。

「ええ、ロバータ・カジミールです。ジョー・カジミールの祖母《そぼ》で、法的《ほうてき》な保護者《ほごしゃ》です。そして、あなたはアンソン・ボルダーウォールさんですね？」

「さよう」

ボルダーウォールさんは、おばあちゃんのむかいの椅子《いす》に腰《こし》をおろしました。

「今日は、杖《つえ》をお使いのようですが、ジョーに聞いたところでは、家で転ばれたとか。順調《じゅんちょう》に回復《かいふく》なさったようで、よかったですな」

「ありがとうございます。おかげさまで、すっかりよくなりました。それで、すぐにミドヴィルにやってきて、あなたとじかに、ふたりきりで話したほうがよいと思いましてね。わたしの孫《まご》を養子《ようし》にほしいという一件《けん》のことで」

「では、コロンバスからの手紙を受けとったんですな？」

「はい。金曜日の朝、ウィロウウィックの家にとどきました」

「それは、けっこう」

ボルダーウォールさんは、うなずきました。

「フォーサイス氏《し》は、わたしが依頼《いらい》した弁護士《べんごし》ですが、これがジョーにとってまたとない機会《きかい》だということを、すぐにわかってくれましてな。一日も早く実現《じつげん》するにこしたことはないと！」

おばあちゃんは、静かな声で答えました。

「たしかに、またとない機会でしょうね。どこかのだれかにとっては。でも、ジョーにとっては、そうではありません」

ボルダーウォールさんは、まじまじとおばあちゃんを見つめました。満足《まんぞく》そのものだった表情はすっと消え、わずかに口を開いたままでいます。

「いま、なんといわれましたか？」

ボルダーウォールさんは、身を乗りだしました。

「おそらく、わたしの聞きまちがいかもしれんな」

「わたしは、こう申したんですよ」

おばあちゃんは、くりかえしました。

「ジョーにとっては、またとない機会《きかい》でもなんでもありません……とね。あの子の将来《しょうらい》の夢《ゆめ》は、デスクにすわって、営業《えいぎょう》やら事務《じむ》やらの仕事をすることではありません。あの子のしたいのは、もっと別《べつ》のことなんですよ」

ボルダーウォールさんは、また椅子《いす》に深くすわりなおしました。

「ああ、そのことかね。だったら、あなたのほうがまちがっておられる。数日前、わたしはジョーに大学を出たらなにをしたいかときいたんだが、まだわからないと答えておったよ」

おばあちゃんは、にっこりと笑《わら》いました。

「お言葉をかえすようですが、あの子はちゃんときめてるんですよ。でも、いままでは、あまり話さないようにしていただけなんです。少なくとも、わたしには話してくれませんでした。きのうの午後まではね。それくらいですから、よその方に話さなかったのは、ふしぎではありません」

「なるほどねえ。まあ、男の子ってのは、そんなもんですな！　いつも、自分なりの

きまりってものを持ってる。わたし自身も男の子だったんだから、それくらい知って

なきゃいけなかったな！」それくらい知ってて

「あなたが知ってなきゃいけないのは、子どもなら、どこの子もみんなおなじと思う

のは大まちがいってことですよ。男の子も、女の子も。わたしは、あの子が生まれて

二か月のころから、ずっと見てきました——両親が亡《な》くなってからね。だから、あの

子のことは、いやというほど知っています。父親と母親が亡くなったとき——父親は、

わたしのひとり息子《むすこ》ですけど、運のいいことに、ジョーは自分がなにを失ったのか、

まだわかりませんでした。わかるはずないですよね？　この世に生まれてきたばっか

りで、いろいろなことに慣《な》れるのにそりゃあいそがしかったから！」

おばあちゃんは、ボルダーウォールさんのしかめっつらから目をそらして、窓《まど》の外

の石のテラスと芝生《しばふ》をじっと見ました。

「あの子はね、それは元気で、知りたがり屋で……なにごとにもいっしょうけんめい

な子でしたよ」

と、おばあちゃんはつづけました。

「でも、ほかの赤ちゃんたちとおなじように、ときどき理由もないのに泣《な》きだすんですよ。夫《おっと》もわたしも、いったいなんで泣くのかわからなかったんです。たぶん、あやして、なぐさめてもらいたいだけだったんでしょうね。みんな、理由があってもなくても、だれかになぐさめてもらいたいときがありますものね。それで、とにかくゆりかごを、わたしたちの寝室《しんしつ》の窓辺《まどべ》にうつすことにしました。そうすれば、夜中に泣きだしても、そばにいてやれますものね」

そのころの思い出にふけっているように、おばあちゃんの声はやさしくなりました。でも、すぐに、きっぱりとつづけました。

「でもね――ここからが、大事なんですよ――あの子は、窓の外に月が顔を出すと、満月《まんげつ》のときはもちろん、半月のときだって、ぜったいに泣かなかったんですよ！　一度たりとも、けっして。どうしてこんなにおとなしいんだろうと思って、よくベッドから出て、ゆりかごをのぞいてみたものです。そしたら、目をぱっちりと開いてゆりかごに寝《ね》ているあの子が、こう両手をいっぱいにのばして月を見てるんですよ。にこにこ笑《わら》いながら。月がそこにあるのを見るだけで、幸せで安心していられるというふうに。そのようすが、ちょうど父親や母親に手をさしのべているようで……白状《はくじょう》しますとね、ちょっとこんなふうに思ってしまったものです。この子は、月が死んだ両親のかわりだと信《しん》じているんじゃないかって。でも……そんなこと、ありっこないですよね。わたしにだって、わかります。心理学的《てき》にどうたらこうたらとか、わけのわからないことをいうのは好《す》きじゃありません。この世界は、きちんとした理屈《りくつ》で動いていると思ってる人間ですから。で、とにかくわたしがいいたいのは、そのころからあの子は夜の空が大好きで、いまでもそうだってことです。いまでは、大きくなったら科学者かなにかになりたいっていってます。空のこと、とくに月のことを研究したいんだとか。それで、隕石《いんせき》とか彗星《すいせい》みたいなものが、この地球のわたしたちに、それから月にぶつからないようにするにはどうしたらいいか、研究したいっていってるんですよ」

ボルダーウォールさんは、にぎった手の甲《こう》をしばらくじっと見ていましたが、おもむろに顔をあげて、おばあちゃんと目をあわせました。いささかも、おばあちゃんの話に心を動かされた気配はありません。その顔は、理づめで事を運ぶ、実業家《じつぎょうか》の顔そのものでした。

「カジミールさん。理科系《りかけい》の学問というのは、金がかかるものなんですよ。まず、当然《とうぜん》ですが、ふつうの四年制《せい》大学の授業料《じゅぎょうりょう》、それから少なくとも四年は大学院で勉強しなければならないから、またもや多額《たがく》の授業料とそのほかにかかる費用《ひよう》も莫大《ばくだい》なものです。そういうことをすべて考えられたのかな?」

「もちろんですとも。夫《おっと》とわたしは、あの子が生まれるとすぐに大学に行く費用を貯金《ちょきん》しはじめました。まあ、いざ入学するときになったら足りないかもしれないけれど、あの子は優秀《ゆうしゅう》ですから、おそらく国からじゅうぶんな奨学金《しょうがくきん》をもらえると思っています」

「まちがっていたら申しわけないが」

と、ボルダーウォールさんは反論《はんろん》しました。

「あなたは未亡人《みぼうじん》でおられる。わたしは、そう聞いておるんだがね。あなたひとりで、そういう学費をすべてまかなうってことになるんですよ」

「おっしゃるとおりです。でも、わたしはそれほど心配してないんですよ。そのときになれば、なんとか道は見つかるもんです」

ボルダーウォールさんは、ふいに立ちあがって、ポケットに両手をつっこみました。

「いいですかね、カジミールさん。どうやら、わたしの弁護士《べんごし》が送った手紙の内容《ないよう》を理解《りかい》しておられないようですな。わたしがお孫《まご》さんを養子《ようし》にしたら、お孫さんにかかる金、教育費はもちろん、お孫さんが望《のぞ》んだり、必要《ひつよう》だったりする金を心配することはなくなるんですよ。これからは、こんりんざい不安《ふあん》に思うことはない。手はじめに、この秋から、東部にある最高《さいこう》の進学予備《よび》学校に入学させようと、妻《つま》ときめたんです。そのあとは、この国の最高の大学に入れる。おそらく、ハーバード。イェール大学でもいいな。そういう費用を、ぜんぶあなたがまかなえるとは思えんが」

「あの子を大学に行かせるといっても、科学の勉強をさせるためではないですよね」

「ああ、ちがうとも。もちろん、そんなつもりはない！」

いらいらをつのらせたボルダーウォールさんは、大声でいいました。

「なにか役に立つ、そう、経済学《けいざいがく》とか、国際関係《こくさいかんけい》とか、そういう学部に行ってから経《けい》営学《えいがく》の大学院に進学して、わたしの会社を継《つ》ぐにふさわしいことを学んでもらうんだ！　月やらなんやらの研究のどこに挑戦的《ちょうせんてき》なことがあるのかね。そんなのは、おさないときに芽生《めば》えた気まぐれの名残《なご》りみたいなもんですよ。わたしが思うに、大人《おとな》になれば、そんなことはわすれちまうにきまってるよ。だが、もしそうでなくても、どうだろう、ここに、この屋敷《やしき》の裏庭《うらにわ》に自分の観測所《かんそくしょ》みたいなものを建《た》てたら。そしたら、会社に出てないときには、好《す》きなだけ望遠鏡《ぼうえんきょう》やなにかをいじれるだろうよ」

「このお屋敷の裏庭に？」

と、おばあちゃんはくりかえしました。

「ということは、あなたといっしょに、ここに住まわせたいと思っていらっしゃるんですか？」

「もちろんじゃないですか！　なにはともあれ、最初《さいしょ》のうちはね。結婚《けっこん》すれば、話は別《べつ》だ。そんなときが来たら、自分の家がほしいと思うだろうからね」

とまどいと、そしていかりのあまり顔をしかめてしわを寄《よ》せ、ボルダーウォールさんは部屋のなかを行ったり来たりしはじめました。

「あんたは、わたしのいってることが、聞こえんのかね？」

ついに、いかりが爆発《ばくはつ》しました。

「すべて、あの子によかれと思って、わたしはいってるんだぞ！　あの子は、これから一生、だれもが望《のぞ》む金をすべて手にできるんだ。金持ちになること、それこそアメリカ人の夢《ゆめ》じゃないかね！　だれだって、金が大好きだ！　みんな、ほしくてたまらんのだよ！　あなただって、知ってるだろうに！　丘《おか》の上通りのような場所に住むのは、それこそみんなの理想《りそう》じゃないか！　これこそが、人生のゴールなんだよ！　ここを見たものは、みんな住みたくなる。このようなところに住みたくなるんだ。どうしてあんたには、それがわからんのかね！　もちろん、そんじょそこらの人間には、これは見果《みは》てぬ夢だ。だが、あの子は、その夢をかなえることができるんだぞ。わたしが、指をパチッと鳴らしただけで！　あの子は、わたしが思うようなやり方で、会社をやっていく。そのかわり、なに不自由ない、かんぺきな人生を約束《やくそく》してもらえるんだ！　どうしてこの申し出に背《せ》を向けるのか、わたしにはどうしてもわからん！」

「ようやく、話が正しい方向に向いてきましたね」

おばあちゃんは、杖《つえ》をしっかりにぎって、よろよろと立ちあがりました。あの声、ボルダーウォールさんに電話をかけたときの声が、またもどってきました。

「どうやら、あなたには、とうてい理解《りかい》できないことのようですね。それなら、できるだけかんたんに説明《せつめい》してさしあげましょう。わたしの孫《まご》は、売り物ではありません。いまも、そして将来《しょうらい》も。あの子は来る日も来る日もデスクの前にすわって、会社の経営《けいえい》とやらをやりながら一生をすごすつもりなど、これっぽっちもありません。あなたの会社がどんなにすばらしいか、あなたがどんなにたくさんお金をくださるか、そんなことは、知ったこっちゃありません。アメリカには、それこそいろんな夢《ゆめ》があるんですよ、ボルダーウォールさん。夢は、たったひとつじゃありません。そしてジョーの夢は、学ぶことと、発見することです。丘《おか》の上通りの暮《く》らしは、あなたにはよくっても、ジョーには向いていないんですよ。いま、ジョーの頭のなかには、いろんな疑問《ぎもん》がつまっていますが、それは丘の上通りの暮らしが答えてくれるような疑問ではありません。その答えを見つけるために、ジョーはいっしょうけんめい勉強しなければならないんです。あの子は、せいいっぱい勉強したいと思ってるんですよ。学ぶべきことは、いっぱいあるんですから。だって、ボルダーウォールさん。ジョーが望《のぞ》んでいるのは、月に手がとどくこと――そうなんですよ――で、きっとやりとげること でしょう。でも、それはお金をかせぐためでもないし、ましてや月を手に入れること でもないんです。あの子は月のことが知りたい――そして月を守りたいと思ってるん です。ええ、わたしの孫は、売り物じゃないんです。ついでにいっておきますが、月 も売り物じゃありませんけどね。それでは、ごきげんよう」

おしだまってしまったボルダーウォールさんを残《のこ》して、杖《つえ》にすがりながらゴトゴト と応接間《おうせつま》を出たおばあちゃんは、あやうく女の人とぶつかりそうになりました。どう やら、ドアの近くでうろうろしていたらしいのです。

「まあまあ、カジミールさま」

女の人はもごもごいいながら、頭をちょっとうしろにそらせ、うすくあけたまぶた の下からおばあちゃんを見つめました。

「はじめまして！　あたくし、ルセッタ・ボルダーウォールと申します。アンソン・ ボルダーウォールの家内でございますよ。夫《おっと》は、あなたさまとその……ごちゃごちゃ お話ししているあいだ、あたくしにいてほしくないと思っておりましてね。でも、ここで聞かせていただいておりましたの。あたくし、あなたのおっしゃることに百パーセント賛成《さんせい》ですわ。あなたの、あのお孫《まご》さんは、丘《おか》の上通りに住むようなお子さんではありませんわ。あたくし、夫《おっと》がお孫さんを養子《ようし》にむかえるのがよい考えだなどと思ったことは、一度もございませんのよ。だって、お孫さんは、あたくしどものような人間とは、まったくちがいますもの」

「そう思ってくださって、わたしもうれしいですよ」

と、おばあちゃんはいいました。

「では、さようなら」

★

「で、あなた！　あの、つむじまがりのおじいちゃまに、ちゃんといってやったの？」

おばあちゃんが車のなかに落ち着くと、メロさんがききました。

「ええ。あの人にも、わたしのいいたいことがわかったと思うよ。で、ジョーの法的《ほうてき》な保護者《ほごしゃ》は、このわたしだから、これで一件《けん》落着というわけ」

「まあ、よかった」

と、メロさんはうなずきました。

「ところで、おじいちゃまの奥《おく》さまには会ったの？」

「ええ、たったいま会ったところ。わたしたちわたしたちの話を、ぬすみ聞きしてたからね」

「バータ、いいこと？　あたし、とんでもないことを発見しちゃった！　あのね、足がつかれたからのばそうと思って、車を出て、ちょっとぶらぶらしてたのよ。そしたらね、しげみの下に、こんなものがあったの。きっと郵便屋《ゆうびんや》さんが落としたにちがいないわね」

メロさんは、ぴかぴかの大きな封筒《ふうとう》をさしだしました。色とりどりの靴《くつ》やバッグの写真が印刷《いんさつ》してあります。

「これ、ただのダイレクトメール。広告《こうこく》よ。別《べつ》に大事なものでもなんでもないの。でも、ひっくりかえして、あて名を見てごらんなさいな」

おばあちゃんは、ひっくりかえして、あて名を読みあげました。

「ルセッタ・グラムパッカー・ボルダーウォールさま。ほおお、ボルダーウォールさんと結婚《けっこん》する前は、ルセッタ・グラムパッカーって名前だったわけか。でも、それがどうしたの？」

「いまから、教えてあげるわ。ねえ、ルセッタ・グラムパッカーなんて名前の女の人、ほかに知ってる？」

「ほかにはだれも。正確《せいかく》にいえば、あの人のことも知ってるとはいえないけどね。どうしてそんなことをきくの？」

「いい？　このあたしは、あの奥《おく》さまのこと、よおく知ってるのよ。知っていたっていうほうがいいでしょうけど！　ずっと昔、クラークスフィールドで、あの奥さまとあたしは、おなじ小学校に通ってたの。それでね、五年生のときだったと思うけど、あの人のおじいさん、なんと牛どろぼうをして牢屋《ろうや》に入れられたんだから！」

「ええっ！　ちょっと待って、ヘレン！　どうしてそんなことおぼえてるの？」

「わすれるもんですか」

メロさんは、うれしそうに、にんまりと笑《わら》いました。

「その人がぬすんだのは、あたしのおじいちゃんの牛だったんですもの！」

グレン通りの家にもどるまで、ふたりは笑いどおしに笑っていました。

★

ふたたびマイラおばさんのリビングにもどったおばあちゃんは、ボルダーウォール氏《し》のお屋敷《やしき》で起こったことを、得意満面《とくいまんめん》で報告《ほうこく》しました。そして、みんなでお茶とクッキーのおやつにしようということになったとき、メロさんがふいにいいだしました。

「バータ！　あなたにいわなきゃいけないことがあって来たのに、すっかりわすれちゃってたわ！　息子《むすこ》のことなのよ！　ゆうべ、息子にいわれたの。ウィロウィックの家を引きはらって、いっしょに暮《く》らさないかって。息子とジニーといっしょに住もうっていうわけ。ジニーって、息子の嫁《よめ》のことよ。あたしが、エリー湖のそばでひとり暮らしをしてるのが気にかかるのね。それに、子どもがふたりとも大きくなって出ていったから、きゅうに家のなかがからっぽになったみたいだっていうの。ねえ、前に

も、あなたと話しあったことがあったでしょ、おぼえてる？　でもね、現実《げんじつ》になると
は、思ってもみなかったから。もう、あたし、どうすればいいかわからなくて！」
　すると、マイラおばさんが、カップを受け皿にカチンとおいて立ちあがりました。
「ちょっと待って！　わたしのいうことを最後《さいご》まで聞いてから、返事《へんじ》してくださる？
ねえ、おばあちゃん！　わたしがいいたかったのも、まさにそれなのよ！　わたし、
おばあちゃんとジョーにここに来て、いっしょに暮《く》らしてもらいたいの。ずーっと、
そういいたくてたまらなかったの。もしメロさんが近くに住むことになれば、わたし
の望《のぞ》みもそれほどわがままとはいえないわよね！　だって、オックスフォードは、目
と鼻の先なんですもの！　ねえねえ、おばあちゃん。この家には部屋がたくさんある
し、いっしょに住んで、おたがいにめんどうを見あって、かわいいジョーと少しでも
長く暮らせたら、それこそ夢《ゆめ》がかなうってものじゃないの！」
「うーん！」
と、おばあちゃんはうなりました。
「わがカジミール家が、いよいよいっしょに暮らすってことになるわけだね！　もち

ろん、わたしがずっとここに住むことになったら、ボルダーウォール家のれんじゅうが、顔をあわせるたびにかっかするかもしれないけど」

「しないかもしれないわよ」

メロさんがにんまり笑《わら》いました。

「おぼえてるでしょ、バータ。こっちには、武器《ぶき》があるじゃないの。あたしがあなたにプレゼントしたでしょ」

「武器って、なんのこと?」

マイラおばさんがききました。

「ああ、それね」

と、おばあちゃんは答えました。

「ぬすまれた牛の話。それだけのこと。いつかヘレンが話してくれるよ。で……ウィロウィックの家を売るとなると——そうだ! もちろん、それがいいよね! 売ったお金は、ジョーが大学へ行くときのために貯金《ちょきん》しておけるもの! 残《のこ》りは、ジョーとわたしの月々の生活費《せいかつひ》として、かわいいマイラにあげればいい! ここミドヴィルで、カジミール一家がせいぞろいってわけだ。ジョー、あんたはどう思う？」

ジョーは、通りのむかいに住む女の子のことを、胸《むね》のうちに描《えが》きました。その子との思い出は、まだほんの少ししかありませんが、これからどんどんふえていくにちがいありません。そして、きのうの午後、自分に向けてくれたあの笑顔《えがお》と、背中《せなか》をぐいとおしてくれたことも、ぜったいにわすれることはないでしょう。

「それって、すっごくいい！　すっごくいいと思うよ！」

そして、そのとおりになりました。

おしまいに

　これが、ジョー・カジミールの物語です。でも、話はここで終わったわけではありません。ジョーがウィロウウィックにもどって、おばあちゃんといっしょに夏の終わりに引っこしをする準備《じゅんび》をしているあいだも、ミドヴィルでは事件《じけん》が起こりつづけていました。まあ、そのうちのいくつかは、大した事件ではありませんけどね。少なくとも、ジョーにとっては、どうでもいいことでした。

　でも、『ミドヴィル・タイムズ』紙の一面をかざった事件のうちの三つは、それぞれが大した事件でした。ビアトリスは、ジョーも読みたいかもしれないと思って、切りぬいてとっておいてあげました。

三つあるうちの最初《さいしょ》の事件《じけん》は、七月はじめの紙面をかざりました。

血統書《けっとうしょ》つきのプードルを犬どろぼうの手から救《すく》った、雑種犬《ざっしゅけん》の英雄《えいゆう》

昨晩《さくばん》、ケンウッドドライブに住むホレース・マッカーサー夫妻《ふさい》が、パーティから帰宅《きたく》すると、家の裏手《うらて》から、おそろしいうなり声とほえ声、それにキャンキャンという悲鳴が聞こえた。いそいで裏にまわると、犬がこいの金網《かなあみ》が大きくやぶられ、見知らぬ男が、受賞歴《じゅしょうれき》もある愛犬《あいけん》チューリップをぬすもうとしているではないか。その男の足首に、大きな犬がかみつき、行かせまいとふんばっている。マッカーサー夫妻が警察《けいさつ》に電話すると、警官《けいかん》がただちにかけつけ、事なきを得《え》た。夫人《ふじん》によると、大きな犬は、たびたびチューリップのところに通ってくる、ローバーという名の雑種の雄犬《おすいぬ》だという。ローバーは、グレン通りに住む、ソープ家の愛犬。マッカーサー夫妻は、いつもローバーを追いはらっていたが、これからは英雄として大歓《だいかん》迎《げい》するつもりだと、記者に語った。

そして、八月の第一週に、これまたびっくりするような記事が掲載《けいさい》されました。

スワーヴィットにかわる、フレッジ・バルブ開発される

ミシガン州デトロイト近郊《きんこう》に住むふたりの兄弟が、一年かかってフレッジ・バルブというエンジンの部品を開発し、完成《かんせい》させた。さらに何度もテストを重ねたのち、このほど経費《けいひ》や製造過程《せいぞうかてい》の縮小《しゅくしょう》という点でも、自動車会社を満足《まんぞく》させる製品になった。これは、長年にわたって愛用されてきたスワーヴィットの機能《きのう》をさらに進化させたものであり、これからは自家用車ばかりでなく、バスや、あらゆる種類《しゅるい》のトラックも長距離《ちょうきょり》を安全に走行できるようになった。したがって、ミドヴィルのボルダーウォール氏《し》によって発明され、製品化されてきたスワーヴィットは、過去《かこ》のものとなるであろう。スワーヴィットは、当地ミドヴィルにある工場でのみ四十年のあいだ製造されてきた。しかしながら、同社の説明《せつめい》によると、工場は、これから

も使用されるとのこと。各種《かくしゅ》の付属《ふぞく》の建物《たてもの》をふくめて、工場はおもちゃの製造《せいぞう》会社であるカドルバグ株式《かぶしき》会社に売却《ばいきゃく》され、スワーヴィットの多数の従業員《じゅうぎょういん》も同社でひきつづき雇用《こよう》されるという。社長のボルダーウォール氏《し》は、丘《おか》の上通りの屋敷《やしき》を売却して、夫婦《ふうふ》でクリーブランドの郊外《こうがい》に転居《てんきょ》し、長女の近くに住むことになるという。15面に関連《かんれん》記事。

そして、九月一日に発行された労働《ろうどう》記念日特集号《きねんびとくしゅうごう》には、つぎのような記事がのりました。

ミドヴィル在住《ざいじゅう》の男性《だんせい》、百万ドルを獲得《かくとく》

昨日《さくじつ》、年一回のオハイオ州宝《たから》くじで、ミドヴィル在住のヴィンセント・フォーチュナードさんが一等賞《しょう》の百万ドルを手にした。フォーチュナードさんが本紙記者に語ったところによると、賞金のほとんどを使って、オハイオ州東部に長年にわたり住んでいる両親に、暖《あたた》かいフロリダ州に新しい家を買ってあげるとのこと。さらに、十年以上勤務《いじょうきんむ》しているソープ電機《でんき》の株を買って、共同経営者《けいえいしゃ》になることを希望《きぼう》しているという。友人たちにヴィニーという愛称《あいしょう》で親しまれているフォーチユナードさんは、「すっごいことをやっちまった。うれしいったらないよ」と語っている。

……と、このように、世の中では、いつもさまざまなことが起こっています。よいニュースもあれば、もちろん悪いニュースもありますが、この物語の場合は、よいニュースのほうが多いですね。この物語に出てくるたいていの人にとっては、よいニュース、ということになるでしょうか。もっとも、犬どろぼうの男は「いやはや、とんでもねえ目にあったぜ」と、ぼやいているかもしれません。身から出たさびといえばそれまでですが、足首に大きなほうたいを巻《ま》いたまま牢屋《ろうや》に入れられたのですから。それにボルダーウォールさんも、自分の会社がなくなってしまったのをざんねんがっているでしょうが、それでもまだアメリカでも指折《ゆびお》りの金持ちであることに変《か》わりありません。けれども、ヴィニーさんについては、はっきりしたものです。自分でも胸《むね》をはって、「うれしいったらないよ」といっているのですからね。

わたしたちみんなの行く手には、まだ見ぬ未来《みらい》が待っています。果《は》てしない未来は、かぎられた人たちのものではなく、みんなのものなのです。そして、自分の番が来るのをしんぼう強く待っていれば、未来はたいてい幸せなものになるでしょう。とにかく、だれの前にも道はつづいているんですよ。もちろん、その道は変《か》わるかもしれませんが、なくなってしまうことはないのですから。見ていないときだって、いつもそこにあるのです。人々のお金への愛着《あいちゃく》とおなじように。そしてまた、夜空にかがやく、月のように。

訳者《やくしゃ》あとがき

こだま　ともこ

赤ちゃんのときに両親を交通事故《じこ》で亡《な》くしたジョーは、ずっとおばあちゃんとふたりきりで暮《く》らしていました。ところが十二歳《さい》の夏休みに、たったひとりで親戚《しんせき》のマイラおばさんのところに泊《と》まりに出かけなければならないことに……。

マイラおばさんは、本当は遠い親戚でしかありませんし、赤ちゃんのときに会いにいっただけ。ほとんど知らない町の、ほとんど知らない家を訪《たず》ねるのですから、ジョーは不安《ふあん》でたまりません。でも、明るくて素直《すなお》なジョーは、すぐにマイラおばさんだけでなく、同い年の女の子、ビアトリスや、おばさんの友だち、ウィニーとなかよくなります。そして、億万《おくまん》長者のお年寄《としよ》り、ボルダーウォールさんとも。

ところがある日、空から隕石《いんせき》が落ちてくるように、ドッカーンと大きな出来事がジョーをおそいます。そして、ほがらかなジョーが胸《むね》の内にこっそりかくしていたことが、少しずつ表に出てきます。

分かれ道に行きあたった旅人が、さあ右か左か、どっちの道を選ぼうか思いなやむ……そんな昔話を読んだ記憶《きおく》があります。運がよければ旅人は宝物《たからもの》を手に入れることができるし、運が悪ければ魔物《まもの》に出くわすのです。この物語のジョーも、思いがけず分かれ道に立たされ、選択《せんたく》をせまられます。ただ、昔話の旅人とちがうのは、両方の道の行く先に待ちうけているものが見えていること（それも、片方《かたほう》の行く先にあるものは、いやというほどはっきりとしています！）。

そんな、まよったり、なやんだりしているジョーに、いたってシンプルな答えを差しだし、ポンと背中《せなか》をおしてくれたのが、人生経験《けいけん》の豊富《ほうふ》なおばあちゃんやマイラおばさんではなく、十二歳のビアトリスだったというところも、この物語のおもしろいところだと思います。アメリカの小さな町で起こったひと夏のできごとを、作者は昔話のようなやさしい口調《くちょう》で語りながら、昔話とはまるでちがう、さわやかな未来の選び方を読者にさししめしています。

この物語を書いたナタリー・バビットさんは、アメリカの代表的《だいひょうてき》な児童文学作家で、不老不死《ふろうふし》をあつかった物語『時をさまようタック』や、山のいただきに住むという魔物《まもの》におびやかされる村を描《えが》いた『ニーノック・ライズ　魔物のすむ山』（いずれも評論社刊）など、日本でもすでに数冊《さつ》が翻訳《ほんやく》されています。なかでも、『時をさまようタック』は代表作として評判《ひょうばん》が高く、映画化《えいがか》もされています。バビットさんは、イラストレーターとしても活躍《かつやく》し、自作に挿絵《さしえ》をつけたり、絵本を描《か》いたりもしています。

さて、一九六〇年代半ばのアメリカがこの物語の舞台《ぶたい》になっていますが、ジョーとおなじように宇宙《うちゅう》や空のことが大好きな方なら、なぜ作者がこの時代を選んだか、よくおわかりのことでしょう。

一九六〇年は、アメリカの三十五代大統領《だいとうりょう》として、ジョン・F《エフ》・ケネディが選ばれた年。ケネディ大統領は、残念なことに、一九六三年に暗殺されてしまいますが、それに先立つ一九六一年に、「一九六〇年代の終わりまでに、アメリカは人類初の月面着陸を成しとげ、ぶじに地球に帰還《きかん》するであろう」と演説《えんぜつ》しています。

そして、まさにケネディ大統領の言葉どおり、一九六九年の七月、宇宙船アポロ11号が月面に着陸しました。人間の手が、初めて月にとどいたわけです。でも、ウィニーさんが予想《よそう》したようなステーキハウスはまだできていませんし、満月《まんげつ》バーガーの話も聞きませんね。はたしてジョーは、そしておばあちゃんやマイラおばさんは、月面着陸のようすをテレビで見て、どんな感想をいだいたでしょうか。ちょっときいてみたい気もします。

さて、月かお金か、お金か月か……。あなたなら、どちらを選びますか?

著者：ナタリー・バビットNatalie Babbitt
1932年アメリカのオハイオ州に生まれる。子どもの本の作家、イラストレーターとして活躍中。主な作品に『時をさまようタック』『悪魔の物語』『もう一つの悪魔の物語』『グリム童話あいてててて！』（以上評論社）などがある。映画化された作品もあり、現代アメリカを代表する児童文学作家のひとりである。

訳者：こだま　ともこ
早稲田大学卒業後、出版社勤務を経て、児童文学の創作・翻訳にたずさわる。創作に『3じのおちゃにきてください』（福音館書店）、翻訳に『さよならのドライブ』（フレーベル館）、『ビーバー族のしるし』（あすなろ書房）、『天才ジョニーの秘密』『スモーキー山脈からの手紙』（ともに評論社）などがある。

月は、ぼくの友だち
二〇一六年六月三〇日　初版発行
二〇一七年八月一〇日　3刷発行
◆著者　ナタリー・バビット
◆訳者　こだま ともこ
◆発行者　竹下晴信
◆発行所　株式会社評論社
〒162-0815　東京都新宿区筑土八幡町2-21
電話　営業〇三-三二六〇-九四〇九
編集〇三-三二六〇-九四〇三
◆印刷所　中央精版印刷株式会社
◆製本所　中央精版印刷株式会社
乱丁・落丁本は本社にておとりかえいたします。

ISBN978-4-566-01396-4　NDC933　p.216　188㎜×128㎜
http://www.hyoronsha.co.jp